路佳瑄

著

素日 女子 初花

新星出版社　NEW STAR PRESS

图书在版编目（CIP）数据

素日 女子 初花 / 路佳瑄著 . —北京：新星出版社，2013.12
ISBN 978-7-5133-1010-9

Ⅰ.①素… Ⅱ.①路… Ⅲ.①随笔-作品集-中国-当代 Ⅳ.①I267.1

中国版本图书馆CIP数据核字（2013）第262331号

素日 女子 初花

路佳瑄 著

策划编辑：东　洋
责任编辑：汪　欣
责任印制：韦　舰
装帧设计：@broussaille 私制

出版发行：新星出版社
出 版 人：谢　刚
社　　址：北京市西城区车公庄大街丙3号楼　　100044
网　　址：www.newstarpress.com
电　　话：010-88310888
传　　真：010-65270499
法律顾问：北京市大成律师事务所

读者服务：010-88310811　　service@newstarpress.com
邮购地址：北京市西城区车公庄大街丙3号楼　　100044

印　　刷：三河市兴达印务有限公司
开　　本：910mm×1230mm　　1/32
印　　张：6.5
字　　数：73千字
版　　次：2013年12月第一版　2013年12月第一次印刷
书　　号：ISBN 978-7-5133-1010-9
定　　价：28.00元

版权专有，侵权必究；如有质量问题，请与印刷厂联系调换。

这一本书
送给一个名叫柑柑的女子
我们安好
我们一切都好

自序

"柑柑，你会成为我下一本书的主角。"我记得这样对她说过。然而现在，她已经不可取代地成为了这一本书的主角。

长久以来，关于她的事情，她不说，我便不问。熟悉，陌生，熟悉。我曾想过自己对她的了解究有多少，最终都一笑了之——本就是同类，又何必执意探究路边的空位它空空着在等谁。这个女子，仿佛在约束与自由的不同世界里穿行，一边是疯狂、克制、碎催、小心翼翼烦琐忙乱的工作，一边是宽容、温暖、平静、把盲点变成优点的生活。在一个世界里受了疼，就到另一个世界去疗伤。她说，总有一些小心翼翼的欢愉，低到尘埃，开出花来。她说，看不见的美好，未必不存在。她说，如果还能再选择一次，有多少人执意重蹈覆辙。她说，在海边看到村民捕鱼，但是一条都没有捕到。因为那个海岸根本就没有鱼……有些事，努力是没有用的。她说，学会不看不听不说不问不好奇，小朋友们就无可救药地长大了。她说，这些都是我们的盲点，当盲点成为了优点，那么，给我好好做个幸福的傻瓜吧。我知道她想说什么。其实她只是想说，这不过就是生活罢了，我们自己的。

这究竟是一种怎样的生活？因为知道还有一些小小的倔强能够坚持下去，因为知道还有一些时间可以胆大妄为，因为知道还有一些体力用来爱与被爱，因为知道还有一些温存抚平惶恐忧伤，因为知道人间冷暖，因为知道修己安人。纵使看到擦身而过的女子嘴唇已经脆弱，笑容里隐隐透出些纹路，伸出手的时候，浅浅颤抖，却依旧以为那美得无瑕。因为浪费得起，所以表情安详。

有很长一段时间，我的脑子里都在追寻着一个词——"很女子"，并为了解释它耗去大量的时间。那一天，柑柑站在我面前的时候我便知道，她就是对这个词的全部解释。

那是被呵护在你心里的女孩。自心中诞生，自心中成长。你牵着她的手，穿过萤火虫纷飞的树林，走过松软潮湿的河床。从黑夜到白天，发梢沾着露水，走着走着，遇到阳光倏地散去。

那是被牵挂在你心里的女人。从心中华丽，从心中走失。任眼眶中最后一滴泪水，突然跌落。灯笼易碎，恩宠难收。无须炫耀你为她构建起的城堡多么盛大繁华，那里，也同样铺陈着数不清的细碎与绵延。

那是经历了女孩和女人之后，平淡的回归。自由好像一种弧度，弯起来，圈住其他一切微小又好看的弧度。嘴角上扬的弧度，背脊线条的弧度，不语低翳的弧度，发丝曲卷的弧度。所有记忆与被记忆、遗忘与被遗忘、珍视与被珍视的，混合在一起形成某种气息的弧度，时空的弧度。而我们，只能在时间这条河流所形成的迂回曲折的弧度中，涉水而行。那水流被触碰，荡漾着一道道小且细微的涟漪。弯身弓背将手指浸入水中，淹没手指的微微的凉，在宁静中变得喧嚣而华丽。这样的行进，你想停，都停不住。

有这样的女子在身边，天天都是节日。

这一本书，送给柑柑，和像她一样的女子。书中的故事与她无关，仅是故事。然而却是她让我看到，这个世界依旧新鲜，依旧忠诚。这样的女子如花，温柔绽放。若现在的你，如她般生活，那么请记得一定要为自己感到自豪。为你还拥有这样美的，少女情怀。

目录

素日 1
有些事是不得不做的 3
为了 5
气味 7
言谈关系 10
所有不被珍惜的 都将被怀念 11
距离 15
表达不出来的叫心情 17
拍摄 18
记忆是情感的容器 20
留白 22
整个夏天 23
印象 24
隔岸观火的距离 留给难以启齿的爱 26
崇拜 离理解最远的距离 30
留居 31
尾春 33
过去的欲望是现在的回忆 34
既无法开始 也不能结束 36
练习曲 38
素日 42

女子	47
雷光夏	49
心的出走　不是背叛　而是告别	51
界线	53
愤怒时　便是脆弱时	56
态度	59
佛心女子	61
恋父癖	62
第三者	65
有时她	66
新的旅程总是姗姗来迟	69
寻人启事	71
有一天啊　宝宝	73
你错了	78
强迫自己病入膏肓的病	80
半途而废的梦境　只为一场毫无预兆的雨	83
仅是如果	84
流浪者	86
初花	89
代后记	196

素日

有些地方。
和感情的色彩相同。

有些名字。
和记忆的痕迹背离。

有些故事。
和幻想的情节重叠。

有些生活。
和欲望的需索失散。

地上散乱各色涂料。
搅和在一起倒进浴缸。
画一个你。
再勾勒一个我。

黑压压一片。
将体面埋葬。

我们要安静。
并且独具魅力。

有些事是不得不做的

唯一飞速狂奔不停的就只剩下了时间。

租住的平房不远处驻留着一个久远的钟楼。终日落寞,间或有行人投射过去一些不经意的目光,也转瞬即逝。忍冬时日,用薄薄的小书本和清水切断寒冷。房间暖和得有些干燥,絮絮呓语,宛若梦境。墙壁上时有时无地印着些耳朵,隔壁老人干裂的咳嗽和艰难的喘息断断续续。天光泯灭,以为总有些季节是可以冷藏时间的。

间或走一小段路,不太久。胡同尽头的书店是我时常光顾的。不大,角落里终日闲置着一个橘色的沙发,靠窗,闲时思索是再好不过的了,但倘若翻开书阅读起来,日光却是会刺痛眼睛的。主人是个整洁且有些清瘦的年轻男子,递过来一杯水,浅淡交谈,礼貌地维持着主客关系,然后安静离开。

常常厌恶时间却选择住在钟楼边上,挖空心思也找不到难忍的期许。一心想成为时间的旁观者可终究还是带着薄凉的遗憾。于是收拾行装,拿捏重量,仅是取舍之间罢了。桌上两台数码相机,新旧更迭。用了五年的尼康,保存着过往的暧昧光影。细腻微小诚恳严肃。新款索尼沉重且带着雍容,尚未能熟练操作,却依旧欢欣舞动爱不释手。终究一并埋进行囊，很多时候，选择是多余的。冷暖自知。

一段排山倒海的华丽旅程，婆娑了冬日。眼见对门的一双情侣安然索居，时常传来充满柴米油盐的平淡对话，自有天地。偶尔有女子的轻柔笑声，很快消退。驻足在夕阳投射的房间，四目相对时涂抹微笑。仅是这样隔岸观望也觉得有足够的好，但倘若换了自身，却支棱着手足，猝不及防。

终究还是倒净钱包换得回程车票一张。有些事是不得不做的，比如生存，比如挣扎。探究时间的可靠性，无奈地发现这种架空在现实之上的可信度将无法泯灭地成为一种自然，不可预测。

为了

念及一日。是在鹅黄色晨光映射在身上的时刻手牵手出门的,视线所能及的地方还都是一片安静的倾洒。倒春寒。空气清清淡淡披着纱。有泥土香气。人们行走,匆匆忙忙,面孔写满严肃和急躁。旧地铁顶部的大型通风扇将漆黑的地下道里的闷杂气息和声音卷入车厢。闭上眼听,机车的蜂鸣、工地的轰响,整座城市的声音不绝于耳。彼此陪伴走在同一条路上,各怀心事,少言语。争执到最后的结果只是草草地牵起手,却寻不见片刻温暖。

忘却一些忧伤以及欢乐。相互间看上去依旧平静,却终究像穴居在生活里的两只怪物,背靠背缜密地布置自己的局。诱导,蛊惑,隐匿。路,不会太长也并不那么拥挤。只是走到最后才恍然发现,再找不到那曾经熟悉的身影。

又及一日。用短暂的午后时光,寻找未来的谜。似一起散步的旧友,彼此微笑以及鼓励。是气息,是存在,一如往昔。那些明眸皓齿的年纪在心里,并未消失。只是宽慰,充满灵魂。在慰藉中将孤独挫败,嘴角上扬呈现完美的弧度,如同简单的指环。有婴孩伏在草地上奋力地爬,带着天天向上的长势。久久实现一次的童趣。

闲谈直到傍晚,看夕阳点点消失。这座城,一直都是最适合黄昏蔓延的。一切超快感伴随暮色逐渐缓慢，终隐在金色的天光之中，祥和的。晚风撕下黄昏的幕布跌碎成万家灯火。

从何时起，我们都不再忧愁，微薄的激情转瞬即逝。从何时起，我们都不得不为给予而称斤算两。从何时起，我们都极少留下忏悔的清泪。从何时起，我们心甘情愿牵起彼此的手只是为了陪伴。从何时起，我们缅怀过去只为了更好地向前。

曾经用尽全力不择手段也要闯入彼此生活的人们，到了这一天，是否会明白。

气味

穿透紧闭的门窗渗进来的辛辣的火药气味,是节日的标签。夜晚扩散,清早弥留。打开窗帘,让阳光洒进来,干爽的棉布散发着淡淡的茶香。是经过烘干的清茶,将无助的虚妄沉沦。这是个可以让一切伤悲暂时定格的节日,就连死亡也变得无足轻重。

渐渐扬起孩子们撒野的欢笑和尖叫声。一些热气自头顶向上蒸腾,是奔跑和呼喊带来的兴奋而年轻的汗水,有梨子般饱满香甜的芬芳。幼小生命的气息总是令人欢欣鼓舞的。

而老者,自有老者的滋味。混合着肥皂味的百灵牌雪花膏,沧桑中带着安宁,历久弥香。像午后阳光照射下的中药铺子般,每只掉了漆的棕色药匣子里,都蕴涵着使人活下去的、经久却延绵不绝的希望。

热闹的厨房里,各式各样的调味料、被清洗干净的蔬菜、油腻腻的挂烤肉类、清新的水果、发酵的面团散发着不同的味道,混合成一个温暖而厚实的整体,乖巧地装点着节日。女子们一边准备着可口的食物,一边尖声谈论着各自的丈夫和孩子。语言匮乏,只是自顾自地沉醉。平日里鸡毛蒜皮的生活琐事被一笔勾销,任凭何种灾祸都无法争抢她们这一刻不可多得的欢愉。是青苔幽暗却深入心肺的姿态。

男子们聚在一起,并不诉说家庭。日常的工作和社会焦点更是他们关注的中心。偶尔闲扯涉及隐秘的女子,也各自心照不宣一笔带过。总有些荷尔蒙的腥味是挥之不去的。

离家很久再回来,依旧会嗅到熟悉的气味。心里被存封已久的安宁,豁然释放。没有什么比踩在家里的地板上更踏实的了。空了这许多年的房间充斥着尘埃的气息,被灼热的体温烧得沸腾,与幼时的友人聚会过后又混着热。

对某个人心存爱恋的时候,会紧紧贴在他的皮肤上用力呼吸。如此用力,让那味道连同情感一起印入脑中、心里。嗅觉和气味终究承载了太多的功用,爱情也囊括其中。倘若爱情走失,就连思念也需要借由一些气味来延续。

我们信任一直存在着的很多气味。它们温柔,充盈,流动,饱满,且久久不会消失。然而,在描述的时候,却需要借助真实存在的物事方可表述清晰。于是我们说,苹果味,草莓味,咖喱味,胡椒味……悲哀地发现,用来描绘感观的词汇总是过于贫乏,就连书写,也不够。

言谈关系

请听我解释，事实并非如此……他眉头锁在一起，露出一些焦急，额角的血管明显地曲张。自那张淡薄而精致的口中流出的语句，在外人听来似乎无关痛痒，却充斥着诉说者的希望。他说完后，看向那双和城市里肮脏的空气一般混沌的眼睛，却并没寻找到他想要的所谓的救赎。倾斜着破碎的背影，隐退在都市浮躁的气氛中。

或许我们从不曾真正用心在意过身边的人，但相互之间的关系却可以在为数不多的交谈中被轻易定位。或友善，或敌对，或亲密无间，或形同陌路。而起决定作用的，往往只有那么为数不多的几句话，那是关于自己的。听得清清楚楚，记得根深蒂固。

究竟为什么对于某种言谈关系，如此心存芥蒂无法释怀。

其实只不过是怕自己在别人心里，活得不是自己想要的模样罢了。

所有不被珍惜的　都将被怀念

阅读几本与城市及建筑有关的书籍,是无需备足钱财便可自由在新旧城之间旅行游弋的唯一且单纯的美好方式。在未脚踏实地置身于一座陌生的城市之前,通过阅读,观望早已消失的旧城面貌,似欣赏历久弥新的老明信片,陈旧而新鲜。然而这些对如我般的旅者而言固然重要,但领略新城的华美与生机,更有无可替代的价值。

广场上曾经摆摊擦鞋的鞋童、演奏传统乐器卖艺的艺人、捏面人的老者与涂脂抹粉的高档化妆品导购小姐争香斗艳,逐渐失去了风采;阳光下闪光的摩天大楼玻璃将龟裂的老城墙覆盖;风吟的树丛中央自树根生长的地方向上喷出一道强劲的人工水柱,曾经私密的恋人如今旁若无人地拥吻……

英伦才子德波顿来到中国时,曾怜惜眷顾同行友人的美好愿望,应景似地称赞过现代化的中国,却在其关于建筑的作品里只字不提中国的建筑,字里行间充满对欧洲古式建筑的喜爱与珍惜。是心知肚明的阅读者,了解城市受伤的文明与居住者间无法割裂的关系,只是对那些嘶喊心痛的声音保持缄默。倘若不想让著书立说者失望,便应该表现出对过往回忆的绝对尊重与赞美,并违心地对消失的文明表示惋惜,而后痛心疾首地谴责现代人的责任感

素日 女子 初花　11

与审美观等各方面品格的严重退化，且分寸应该拿捏得恰到好处。

法国人帕斯卡·基尼亚尔曾在其作品《游荡的影子》里如此阐述人们对城市的历史演变所产生的紧张感和生理性收缩："随着世界在变老，世界在时间中老去。随着过去在时间中远去，它的丧失也就显得更加不可弥补。丧失越是显得不可弥补，在心中保存着对丧失的不确定回忆的被遗弃者就越是不能得到安慰。随着丧失加重遗弃，怀念变得更大巨大。怀念变得越广泛，焦虑就变得越重。焦虑在心中变得越重，喉咙就越收缩。喉咙越收缩，声音的发条就越是被上紧到爆发的刻度，这便是第一个黎明和第一个太阳。"

房子、坟墓被夷为平地，财产在银行、地窖、保险柜中黯然失色，令人难过的死亡像被遗弃的时代般被抛开，动物被屠杀、驯养或成为动物园的主角。所谓自然，仅是巧夺天工的手艺人手下的残缺艺术品罢了。长久不见那些美，于是逐渐丧失了理解能力。"过去那些声名响亮的严格要求，那些充满廉耻的无限享受，那些作品累累的骄傲计划，那些带着歌唱的极度恐怖，已经开始在嘴唇的四周失去它们的名字。随着时间到来，垃圾和瓦砾，坍塌的宫殿，以尸堆覆盖大地并且消除废墟上的人和他们的城市，这就是消失了的消失本身。人类复杂语言的缺失所形成的暴政表现出来，再也找不到对光线迷惑的障碍。图像、人为依赖、一致的衣着、工业产品变成所有人觊觎的偶像。

那几个将极大多数人和所有人区别开来的人被压碎了。

美丽，自由，思想，人类的书面语言，音乐，孤独，第二王国，被迟缓的欢乐，民间故事，爱情中的小鹅，沉思，清醒，这只不过是些角度，只不过是称呼单独一件东西，在主体、现实与语言之间的那种唯一牵连的各种不同的名称。这些名称并不重要。对它们的记忆已经消失，以至于对它们的怀念甚至不再让那些它们消失后出生的人感到难受。

我一直对未曾见过的旧城的古老与雅致心存憧憬和喜爱，却终不愿意加入惋惜者抱怨的行列。以为欣赏总比怨恨更易令人感到宽慰。倘若一日醒来，发现现在的城市已成过往，遍寻不到昨日痕迹，才怅然若失，扪心自问觉得其实过去也很好，岂非荒唐？

为何人们总对消失的城市及落后的文明更加欢喜，却对眼前的一切视而不见？

"通过它目前的面貌,人们可以回顾过去而抒发思古之幽情。"卡尔维诺这样说。

所有不被珍惜的,都将被怀念。

距离

他比一年前我见到他时消瘦了很多,头发、胡须蓄得凌乱但极具个性,装扮风格和举止却还一如从前。孔雀绿色阿迪达斯运动上衣,黑色牛仔裤,球鞋,松松垮垮背着大包,看不出重量。

相识多年,我对他的印象模糊到只是一个名字、一串号码、女友很多年前的男朋友、好朋友现在的哥们、蛊惑了众多女子的苍凉男人——我的一个普通朋友而已。虽然千丝万缕的联系似乎都与我有关,但其实又都与我无关。那张俊朗的脸孔,始终带着湿漉漉的气质——是天生的——诅咒妖娆,恐慌寂寞。

他从包里取出相机,将各式设备安装、调试好,动作娴熟且不动声色。收敛目光对着他举起的镜头时惊慌地发现,我从未像现在这般注视过他。我们面对面站着,像两颗珍珠一样发光。我们都有惹是生非的气质,彼此了解热烈眼神掩盖下那些欲盖弥彰的沉默。卑微的惺惺作态。与性有染,与爱无关。只有那些永远无法倾泻的爱意,被长久封存在体内,与身体一起慢慢衰老腐朽,无人眷顾。

于是,我渐渐萎缩在那黑色的镜头里,带着坚硬的苍凉,灰白影像。高高举起的手腕上,细琐的疤痕闪烁金色的光,记录着青春的撕扯。过去的事情,有些辗转记起,有些慢慢忘却。间或在匆忙中惊觉,其实终究还是错过了很多东西。回望。彼此熟悉,却终究陌生。

有些距离是心知肚明的,无法跨越。

表达不出来的叫心情

一个读者说看了我的书心撕裂似的痛。想表达一些情绪却悲哀地发现无论文字还是语言都无法让心得到救赎。

表达不出来的,才叫心情。

拍摄

相片上他们分别坐在酒吧里的木质桌子两旁,彼此注视又目光呆滞。午后的阳光温柔而又倦怠地照射进来,斑驳地切割着时光。墙上挂着的壁画落了一些尘埃,包裹着这里经年沉淀的许多不为人知的秘密,深蚀趾骨。这世界上,并非只有人才是故事的完美讲述者。尘埃也是。

我站在七层高的阳台向下望去,镜头对准街道两旁长着很多的法国梧桐。庆幸还没到冬季,那繁华的绿尚未消失。妖娆艳丽的花总是让人喜出望外,却转瞬即逝。

被掏空的铁质罐头盒安静地躺在女友家的桌上,外侧缠绕着一层细密且干净的白底碎花布料。在主人灵巧的装扮下,摇身一变成了精致的饰品。她说这只铁盒底部的有效期是自己的生日。于是保存起来,为了纪念。渐渐对印有保质期的容器心存温暖,间或猜想那一天,究竟是谁为了纪念谁。

雨伞以决裂的姿态垂直降落,伞把弯曲成优雅的弧度,落在地面,溅起细微水花。那女子呆呆望着不远处的一个地方。镜头外,一对旁若无人拥吻的情侣。倘若不循着视线定格在那张绝望而痛苦的脸上,那场吻戏或许不会被导演叫停。

黑色高跟鞋里塞着一双青色血管突出的、瘦削的脚。向上望去，百褶裙安静下垂。镜头里的世界狭小，看不到主人的脸。巷口一只黑白颜色的猫，慢慢靠近这双脚，了无声息。诅咒靠近，是该回家的时候了。

那男子冰冷的镜头正对着我的面孔。我别过脸去，长发遮挡容颜。

固执地在自己构建的世界里小心翼翼地活，离群索居，卑微地忘记抬头看一看身边人的模样。闲散的时日，花大量时间用于举着相机记录擦身而过的片段，并揶揄一小段文字。待到日后偶尔重新翻看，心生故地重游之感。那影像里，太多陌生的故事，都与我无关，却依旧热衷于保存那些微不足道的细节。只是对于自己平日里的神情，无心依恋。浴室温暖、通明的镜子里，早已演出了足够多的自恋剧情。温柔的、曼妙的、呆滞的，或者，流泪的。

有些时候，我们更需要一些相互欣赏的时间。

记忆是情感的容器

早已过了天真的年纪,却依旧喜爱一些永世不灭的传说,于干净且充满希望的故事里虚构过去美好的时光。这就构成了神话的篇章、奏鸣曲的节奏,坟墓上或振翅或停留或鸣叫或交配的喜鹊的世界。是阅读或聆听时所需要的孤独空间,安静沉眠和闲暇独处时阴霾的空气。是思维的漫游与思想的迸发,而肉体,仅作为一种物质存在并开放着。

在中国,相传人故去之后,倘若不饮奈何桥下河里的水,就能继续保存阳间的一切记忆。那个水叫孟婆汤。西方故事里的勒得河水,拥有与孟婆汤一样的魔力。新故的人喝了河水,便会遗忘生前的事。转世重生的人想要抹掉天堂的生活重返人间,也会来到勒得河岸。

这两条河的名字,应该叫做记忆。

于是,想起了什么?那些在出生之前就已经开始了的生活:心脏在呼吸前开始的跳动,耳朵在鼻腔注满空气前听到的声音。然神奇如我辈,在眼皮睁开、声带因空气振动而发出第一声啼哭之前,已经在昏暗温暖的水域中游过了。

这一切，都是传说。是幼时，自大人们口中听来的传说。

成长之后，传说变成自欺。频于在感情故事里东奔西走，以为总能换得一些体面光鲜的色彩。却终究落得靠电影排遣寂寞，在白开水中流泪或微笑的下场。于是，连同简单的名一起忘却。

然后便知，所谓记忆，仅是情感的容器罢了。失去情感，记忆便成了一个空壳，只剩形状，无论如何也寻觅不到包裹在其中的纪念。

留白

在长久独居的安静日子里,渐渐习惯了留白。为盛大的言语留白,为繁复的书写留白,为鲜明的影像留白,为紧张的关系留白,为跌宕的感情留白,为仓促的生活留白。

喘息的空间我们都需要,妖娆华丽固然充满无可替代的美感,但却只限偶然。

整个夏天

这个夏天美好得让人有些兴奋。

没有汗流浃背的行人,没有奔跑叫嚷的孩童。没有蝉鸣,没有偶尔自树上掉落脸上、引起一些惊吓的绿色毛虫。没有熟睡时将皮肤叮咬得红肿的雌蚊,没有瘙痒的包。梦里没有比蚊虫更坏的记忆,没有语言。没有一架飞机划过天空,没有风筝。没有被风吹来的广告新闻 MTV 的声音,没有警报。没有一丝汽车发动机的轰鸣,没有城市清扫机。没有一双交配的鸟儿,没有狂奔的狗。没有一场闹剧似的婚礼,没有争吵。没有伪装的快乐,没有厌倦。没有淹没城市的雨水,没有毒日。没有人死去,没有新生。没有在记忆里增加一些故事,没有遗忘。

幸福蒸腾,幸福吞食了我。自欺欺人的满足感。

印象

成年以后，安静而细腻地观察周边人的生活，不动声色。或许是因为感情凉薄了，但却理智地相信，那些所能看到的片段都只是极其有限的一部分，于是笼统而谦卑地称其为印象。而所谓印象，也只不过是对事物最初也最肤浅的认识罢了。

时常听闻身边的朋友由于某些原因，迫切想要了解一个人，并自以为是地认为在那个令自己动容的外表下面，或多或少地隐藏着一些鲜为人知的秘密，而那些秘密才是眼前熟悉之人的真正面孔和心境。于是，挖空心思不择手段地往人心里钻，天真的臆断那便能离真相更近一些。卑微而自私的占有欲被暴露无疑之时，间或想隐藏，却欲盖弥彰。

询问为何总是不能心甘情愿地流于表面。得到的答案近乎一致——抓住那些所谓的真相，便抓住了一个人的心。喜好捣碎肉体直达心灵，倘若发现那是块与想象背离的鲜血淋漓的自留地，便以为玷污了自身纯洁而宝贵的灵魂，变本加厉地撕扯。从不曾想过，被撕裂的人早已痛不欲生。

于我而言，从不愿用过多的时间探究比印象更深的东西，并坚定地认为，人与人之间保持心灵上的距离是珍贵且必要的，不应轻易打破。无须急于知道究竟需要花费多长时间才能真正了解一个人,因为挖掘他们身上的美好已经足够用去一生的光阴。

隔岸观火的距离 留给难以启齿的爱

那个时候他便懂了，最难以启齿的忧伤，就是爱，与为爱作出的妥协。然而，最淋漓尽致表达这种忧伤的举止，并非心碎哭泣着中止一切正常的生活，而是一如既往地让它们在沉默中继续。隔岸观火的距离，并不因为冷漠，只为难以启齿的爱。天色暗了，"家里的灯都没有亮"。于是他在心里擦亮微弱的光，一直亮着，一直亮着。只是无法靠近，不能取暖。是过于早熟的心智，背叛了这个孤独的时代。沉重，但无能为力。

男人和男孩失去生命中最重要的女人——妻子和母亲，从此，整个世界满是寂寞。一个经常处于发情期的母亲，一个被妻子的"来来去去"而彻底摧毁的狂暴父亲，一个充斥青春期性冲动的姐姐，一个洒满落寞忧伤的安静弟弟，一个隐忍破碎背叛却终究宽容的奇特家庭。他们总是在犯错，却依旧带着渴望在绝望中孤注一掷。间或失控，以暴力的情感覆盖一切。没有所谓的好与坏，只有脆弱和不完整的人们。一部意大利电影——《Anche libero va bene》（《屋顶上的童年时光》，又译《中后位也好》）。

男女之间的关系，有时候简单得一目了然，若不是褪去衣物做事，便是相安无事。如 Tommi 的母亲——一个数次游离于家庭边缘的女子，在性爱游戏中不断走失回来再走失，"反正她还是会走"，

11 岁的 Tommi 用预言者似的平静口气说。预言是在母亲带着姐弟俩看画展时与陌生男子交谈不久后应验的，由母亲暂时归来所带来的小快乐倏地烟消云散。他原本便知，那些捶胸顿足地表示永不离开、却随时可以用相反的行为撕毁的承诺，随时会过期。家，随时会再次凋零。父亲，随时会暴跳如雷。姐姐，随时会抽泣流泪痛不欲生。而自己，随时会站得更远一些，更远一些。可怕的不安全感。

所谓惊人的美丽，有时候仅是为了衬托所有不完美的物事，而被无情忽视的配角，甚至殉葬品。这个无论父母还是子女都拥有令人羡慕脸孔的一家，却始终无法拥有与他们的脸蛋儿一样完美的家庭。破碎，总是比完美有更大的杀伤力，以至于人们沉醉其中，将美好的一切统统埋葬，满是悲伤。Tommi 因年轻美丽的母亲出现在教室引起同学们的一阵喧哗而将嘴角轻轻上扬，形成完美的弧度，他最美的微笑在这个时候绽放。那以后，母亲便再次消失。眉头微微锁着，过期的嘴唇收回。于是我们不再赞美母亲的美貌，不再欣喜 Tommi 的微笑，只有忧愁。

究竟什么才是爱？是因爱人的数次出走而习惯性癫狂还是强迫子女实现出人头地的期许，是否认曾递出过表达爱意的字条还是在撕心裂肺的承诺后一再背弃……爱的方式有很多种，用自由做交换，是最沉重的那种。反抗，仅是人在无法承受的压迫下，表现出的最直接与客观的反应。那之后，便是经过隐忍理解与宽容后的再度回归。信仰在这个家庭中似乎不是那么举足轻重的，倘若他们当时还能记起《圣经》中的言辞，或许会让生活快乐一些。"爱是恒久忍耐，又有恩慈。爱是不嫉妒，爱是不自夸，不张狂，不做害羞的事，不求自己的益处，不轻易发怒，不计算人的恶，不喜欢不义，只喜欢真理；凡事包容，凡事相信，凡事盼望，凡事忍耐。爱是永不止息。"

有一种悲哀是，当身体还稚嫩的时候，思维却以无法抗拒的速度成长。面对父亲强加给他必须练习游泳的期望，Tommi 安静照办。看着为小事而大发雷霆的父亲和边哭泣边说着"对不起爸爸，我们会干净点"的姐姐，他默默收拾残局，没有辩解，也不反抗。他与爸爸和姐姐的距离被逐渐放大成慑人的落寞与忧伤。为安慰失魂落魄的父亲而放弃滑雪，他从屋顶爬进家里，良久问了一声："你还好吗？"对于家里经济的拮据，他一直都知道，在父亲最终允许他参加足球班后提出明年再去，因为游泳班已经交了一年的费用。"你想踢什么位置？""前卫。""中后卫好些。"短暂沉默。"Anche libero va bene（中后位也好）。" Tommi 说。于是，他像父亲说的那样——"长大了"。但这种成熟，是对童年纯真、抑或孤独的无情。

在普遍信仰基督教的西方，很多艺术家都在其作品中将孩子作为人最终回归的目标。用孩童天真纯洁的特质救赎迷失的成年人，向童年回归，也就是向基督靠近。Tommi 这个 11 岁却已经处于童年边缘期的孩子，只能用一小块能够给自己带来快乐与自由的屋顶延续着童年，可只有这样少童真的他，却依旧无可避免地长大了。只是，这长大，背叛了上帝。

"亲爱的，妈妈永远在你身边，你是我生命中唯一的男人。我不太好，但有一天我会跟你解释。我爱你。"结尾处，Tommi 在读着母亲印满泪痕的字条时，流下一滴泪。

崇拜 离理解最远的距离

翻看旧日的记事本，稚嫩而腐朽的笔记里间或有些淡淡的忧伤，那是因深深眷恋着遥不可及的某个人而产生的郑重情意，好似膜拜。紧握回忆的尾巴一路跑向年少时的日光操场上，细致且平静地看着周遭。那些三五成群、快乐而略带忧伤的窃窃私语，也曾是我儿时的重要事件。只是随着时间的流淌，谈论的对象匆忙更迭，最终只剩下自己。渐渐知晓，这很多年，每一次情感的交付和转变都带着对自己善意且怜悯的纵容。而那些早已过期的情感中夹杂着的太多细碎的欢喜和隐疾的焦虑，统统来自于自欺欺人的崇拜。

收到一些小礼物，通常是手工缝制的小布熊，方巾，记事本，发卡或者糖果。不昂贵，很温暖。礼物所赐予的幸福感，原本就是细碎的火焰。仿佛就是在冬天的雪地里，折支花的送予。附言的字迹或工整或潦草、或清秀或粗犷，却统统带着我幼时记事本上留有的期许与感恩。心底里最柔软的话，总是能触碰人掩埋已久却无法消退的温柔神经。

我深深了解这美丽而纯真的情愫，一如此去经年的我。然而崇拜，却是离理解最远的距离。

留居

留居北京十年,很少离开。偶尔出发到另一座城市,也只是草草留下几张为数不多的相片以示来过,而后匆匆远去。于我而言,要离开一座久居的城市是困难的,像摆脱文字惯性的死亡状态一样困难。是习惯性惦念。

曾思考过太多人在不同城市间辗转奔走的意义,以为只是倦了,思维与现实之间出现不可追赶的时差。在天黑时分絮絮地描述日光;于昏昏欲睡中念及清晨的露水;在人潮涌动的街头悲怜;空无一人的街边树叶安静滑落;于小兽似的撩拨尖叫声中带着无可名状的思念潸然泪下。那距离,并不遥远,隔岸观火的程度罢了。

追逐,却枉然。

踏足春日的雪山,相机电池因寒冷而失效。无奈之余将沉重的数码设备恋恋不舍地留给同伴,独自前行。一路喘息攀爬,海拔随步履的越发蹒跚沉重而不断升高。伸出手,摸到天,是灯芯绒,是绸缎。日光华丽,云朵、天空、清冷的空气,干净的,灵巧的,狡猾的,猛烈的。照在雪上反射一层金色,刺伤瞳孔。低下头,那日光又悬于额上,不终局。错失了一次拍摄机会,却惊觉,倘若花去太多时间在拍摄的构图、捕光、取景或留遗憾和懊恼在不完美的图像上,原本心中驻留的美景,也会萧瑟不见。于是了然,挖空心思想要为记忆留下一些证据,就应该将相机暂时搁置。那是文字和影像所不能记录的、摒弃了流光魅影的灵动世界。深刻且不留痕迹。

死心塌地留下。

看尘埃落定。

尾春

雨日,于精细而绵长的公园碎石步道上长久地走。伞下人,停伫。远处风景,忸怩在雨中,渐渐模糊。

浸泡在雨水里,疯狂生长的是枝桠,还有一些看不见的触角。

素白花,墨绿里居。

过去的欲望是现在的回忆

我曾想拥有别在邻家女孩头发上的那只蝴蝶结发卡,在灯光下隐隐发散迷人的光。她可真美,是男孩子们追逐的对象。也曾羡慕擦肩而过的女子白皙脖颈上佩戴的海蓝色松石饰物、身边的伴侣及涣散却迷人的目光,是慵懒且随意的自然状态。无需劳作,也未触及细碎的伤口。于夏季乘地铁穿过整个城市在我看来是种罪过。站在最后一截车厢的角落,将目光落在车窗外飞驰的灯箱广告上。或许应该做些什么,让日子好过些,我时常想。哪怕有一辆狭小破烂的四轮小车能够取代这空气不流通的狭长甬道里汗液的酸味也好。

情人在街头热烈地争吵,似乎仅为一杯饮料之类的小事情。孤独是无止境的,剥落了很多权利,包括争吵。我祈盼着城市尽头的时候,心里想着这些事情。于无人的街头恍惚站立,眼前一片五彩斑斓。日光投下一些影子,无人看守,密密麻麻地将欲望覆盖。仅想要拥有得更多。

那影子挡住了怎样的身形?当我有足够的钱买下那只曾在眼前闪闪发光的蝴蝶发卡时,仅是笑笑,心里一个扎马尾的单纯人儿一闪而过——是永不回头的童年。那串散落在地板上的松石项链,始终没再低头捡起,如同废弃物般丢弃——似乎孔雀石的墨绿更具无可替代的神秘。究竟有多少男子曾牵着我的手走在街头,笑声又是什么形状,早已遗忘——一个人也很好,好过祷告上帝。上帝是黑暗,他是在所有的光明后侵入心灵的突然黑暗。

是欲望吧。欲望刺伤了农民的衣裤,刺伤了跪在坟头哭泣的女子的眼睛,刺伤了理智的头脑和脆弱的心。欲望将天空撕裂,天空已经无法修补。

于是无处可逃,遁寻着这一痕迹,行了很远。再回头时,过去的欲望已经变成了现在的回忆。一场永无止息的轮回。

既无法开始 也不能结束

我想我是了解并深爱着夜晚的,因为未曾错过。即使是在海拔几千米的高空,机舱外一团黑色的时候,也都睁大眼睛拼命向感觉上极远的地方望去。或许实际距离,仅是在眼前。行走过一些城市,晴雨未知的季节,那黑夜一直都在,一直都在。

我知道黑暗的时刻。那是与心自由的时刻孪生存在的。

黑暗后面是心里动荡不安撕扯割裂的灵魂。

应该用一些什么形容它。一日终了的夜晚好比一年终了的冬季,生命终了的死亡,花期终了的凋零,歌曲终了的旋律。言语终了的沉默。好比现在。

它在房间里垂下一层厚重的幕,遮挡住半开着的百叶窗后面赤身裸体的欢愉世界,又将那些紧闭门窗以制造黑暗假象的梦想化为现实。究竟有哪些是在夜晚初始时就伴随它存在的物事,整个世界逐渐昏暗下来的过程又是怎样的,似乎无人知晓。错过了么?我们的生活在不断遗失的世界里前进着,周遭的任何动因都是靠被重新回忆启动的,而回忆,仅是虚构。

永远无法找到在夜晚结束的时刻一起终结的东西,就好像从未曾知晓夜晚来临时与之一起新生的事物。所谓告别,仅是在某一时刻表现某种行为的阶段性词汇罢了。既不代表未来,也不揭示过去。然执著如我辈,心甘情愿地认为可以从这个词中得出某种结论——终了与尽头的结论。

实际上,它既无法开始什么,也不能结束什么。

练习曲

立秋以来,北京的天总没有格外通透的时候。连绵的细雨虽不大,却也能带着清冽的冷淡和阴霾将盛夏构筑的暖墙瞬间摧毁,一点余温都不剩。雨,密密麻麻地切割视线。一个告别,又一个再见。蜷缩身体奔走向下一次无疾而终的雨后。

躲在家里看电影,是安静的时刻。一个有听力障碍的青年、一辆单车、一把吉他与一座岛屿。东岸到西岸,蔚蓝天、太平洋。2006年的春天,不期而遇的人与事。有一种风,叫自由,潮湿却温暖,给这个冷秋平添了许多情趣。

"旅行的渴望,一直是人类心灵深处不可或缺的游戏;一段旅程带给旅人的意义,就如同观众经历一部电影的获得。"

第一日。台东太麻里素人雕刻家家中一些经年的雕刻,关于怀念。"慈母,全世界只有一个母亲啊。……好是不好啦,但是意思到了就好了。"到不了的地方都叫做远方,回不去的名字都叫做家乡。

第二日。"我和我的车,卷起太平洋的风。"拍摄短片的剧组。"魔术师的鸽子忘记飞了,要用太平洋的风帮助鸽子飞行;骑独轮车的小丑,永远在找寻另外一个轮子,要靠太平洋的风让他自由驰骋，一切关于风，关于自由。"北回归线。台11线的单车骑士。留宿。"好累，睡在房子里，好安全，好温暖。"

第三日。苏花公路。立陶宛女子Ruta，模特。寻找去花莲的路。"我们每个人来到这个世界上，都是独自地旅行。即使有人相伴，终究会各分东西。"

第四日。头城。"有些事现在不做，一辈子都不会做了。"玩滑板的小狗，放鸽子的人。岳纳珊是一只特别的海鸥，远离伙伴，忍受孤独，独自练习飞翔，她只是想飞得高，飞得远，飞得漂亮。北火电厂的历史逸闻。一家四口人郊游。幸福而温暖。国小老师的毕业纪念。"弹吉他就像是一个箱子里面，敲敲打打，像是一个没有组合的音符，任我弹弹音乐，我自己就不会寂寞。"

吉他断了一根弦。

第五日。塭寮堤岸的涂鸦少年。"希望别人了解，有时候又不希望被别人看穿。"林口，彰化阿公家。"妈祖婆在旅行，今天不写日记。"

第六日。妈祖庙会。"路，又长又远……"妈祖越境的祈福信徒。

看着虔诚跪拜的阿公,明相淡淡微笑,认真擦去脸上的泪水。

第七日。云林。爆胎。求助。同行。"骑脚踏车总是能看到最好的跟最坏的一面。一直以来我们都相信人定胜天,为了向老天多要求一些,往往付出的代价更大。高雄。从哪里来,就回到哪里去。"

有生命的东西不需要练习,它也会一直储存在记忆中。

"用看的方式去弹。弹吉他是给自己听,所以快乐就好。"明相用迟缓、不清晰的声音这样说。我送出一些眼泪,柔软的。并非只有情到极致的时候才会流泪。这是一次关于内心的交谈,带着温暖的疏离感,义无反顾地做着路人或过路人。因为知道终将分离,才变得更加坦率和可爱。旅行的意义就在于此。

所谓会者定离,这四个字的意思是,能够相遇的人,终究还是要分开。倘若可以走到最后,就一定会万般的幸福。

I don't know.

I am not sure.

I can't tell.

What's real.

What's fake.

素日

离开你,我便不能睡。

自从文字变成一本本被是非争议包裹着的僵硬书籍以后,那些字便与我脱离了关系。字是字,生活是生活。花大部分时间书写与己无关的别人的故事,偶尔遗忘自我世界的模样。这,便是创作。时常触及痛苦,恍惚间认为己在不知不觉中开始创作生活。刻意、做作且呈现出人为的低调状态,是我所不喜欢的。不记得上次在计算机上写自己的故事、说我爱你是何年月的事情了,仅是心里对这种真实情感表达的渴望,从不曾消失。这一刻,只想讲一个故事给自己听,是属于你我的真实的故事。

窗外的雨,下了一整天。站在阳台上向下望去,是灰白色的一片。你是否知道,窗外极美。城市之中的城市,人群之中的人群。街灯掩映街灯,空气拍打空气。一些花伞,相映成趣。被水滴包裹的尘埃,如旧瓷器般散发出深沉凝重的光泽。我窥见,一些欲望与贪婪交错织网,夜色颤抖。于是掩上窗帘,与你对话。你说你在的那个城市也下雨,我说那是大地和天空在做爱,这是我以前小说里的一句话,我们的故事,像小说。若不想让读者失望,故事便不应俗套地从相识那一刻说起。因此,我只说现在。

家里堆放着些许零食，你了解，我并不热爱在嘴里塞满食物。这些都是你不在的日子里，前来探望的朋友留下的。是有些咎齿了，可我只愿意在没有你的时日，以寡淡的笑容迎接她们。因为与你相处的时刻，过于短暂。握你厚实的手，抚摸、吮吸，手指交叉扣紧，卑微但欣喜的满足，难以启齿。我是缺乏安全感的女子，一直都是。总以为有一个人在远方，有一个肩膀靠不到。接近你，尤其如此。我太不了解你，不够了解。我想有一日你会离开，在我终究寻不见的地方，与恬淡的陌生女子相濡以沫。

曾有人问起，你最喜欢自己已经走过的哪个年纪？还没走过的那个，我回答。现在以为的足够好，在未来的某个时刻看来，好像笑话。所以永远不要问什么是最好的，那只是人的欲望无法满足的未知。而过去的欲望，仅是现在的回忆。于是，我言，现在便有足够的好。此言并非虚妄，因获得时不易，故拥有才可贵。

我幼时，总喜欢从口袋里掏出为数不多的零钱换得十枚套环，并虔诚地祈盼能套中最远处的大奖。于是用右手两根手指平稳捏紧环边，眼睛死死地盯住远处的标的物，小臂适当用力。竹制套环飞出去的瞬间，喉咙变得紧缩而干涩。那个奖品似乎并不止是奖品那么单纯，还是一个代表幸福的小符咒。这样的机会，并不常有,一生一次,亦足够欢喜。我以为,婚姻,便是用最小的套环——戒指,套住最大奖项的幸运游戏。双手合十,以心跳脉动为乐,以血液流淌为礼;用泪水洗涤纯洁,以裸身拥抱信念。我们来玩一局好么,看看我们是否能够幸运到底。

有一些浮躁的小情绪,你会理解,你一直都懂。什么才是爱,又因何而爱?原以为,用书写表达深刻的感情于我而言,比言谈要容易得多。现在看来,是我为自己的文字下了一个过于自信又为时过早的结论。脑中残留了很多无法成文的言语,散布在各个阴暗的角落,难以拼凑成段。人活着,总需要各式各样莫名其妙的仪式感,以证明曾经活过。而真正需要的,仅是感官的满足罢了。比如我们是从怎样的歇斯底里走向豁达简单,又从怎样的沉默寡言走向微笑明朗。感知,并一一接受。选择音乐,选择电影,选择阅读,选择旅行,选择爱,选择你。太多不快乐,只因太想活进别人的世界。自怜地思度:我是一个悲伤的国王,唯一缺少的,是我的王国。然如汤显祖所言,"情不知所起,一往而深",仅这样,便足够了吧。

书架上的书,由于天气过于潮湿的缘故,纸张变得曲卷起来。我抚摸着,有些心痛。待气候干燥之时,这曲卷若一直都在,那要如何是好，像我这般嗜书如命的女子。我知你并不喜欢我这样只活在自己所欣赏的世界里，对于外界的一切视若无睹。可这习气，并非朝夕之间所养成。是这些物事衍生出的阅读与聆听，让轻浮躁动的情绪渐渐萎缩，并在心里逐渐缓冲化解。何为生活的退化？是回归到一种平实的形态还是自我已不是生活的主角？我已不是沉默的旅人，多情的戏子，高贵的公主。保持一定节奏的生活与行走，坚定且自律。无须回首过往，间或抓狂，少顷便修复。于你，于我。修己，安人。

我们都应该选择一种不后悔的方式活着，不委曲求全，不留下遗憾。像一朵花刚好开在自己的花期，像你当初选择了我。绽放时绚烂华丽，凋零后落地为泥。轮回太长，而我们的时间又太短。仅一世，不该错过。

说许多话，只是不提思念。然而我对你的想念，远多于这些无谓的言谈。那是在地铁里，在路边的食品店旁，在浴室间，在睡床前，在台灯下，在网络上，在眼眶里、嘴唇间、手掌内、心底下，在你曾牵起我的手走过的每个地方。

这世界上，我们总能找到很多东西代替暂时无法存在或已经消失的。比如，相片是记忆的替身，布偶是童年的替身，泪痕是伤痛的替身，沉默是孤独的替身。

文字。是思念的替身。

只有你。是无可替代的。

很抱歉，我已经不记得如何书写自己的故事，但我并没有忘记告诉你，我爱你。

女子

流光魅影中,
一些色彩渐渐褪去。

不记得是何年月的故事,
决绝丢失卑微的真实。

只在颓然的流逝中,
听到一些声音,
目睹很多颜色,
然后遗忘。

窃窃私语总好过沉默不语。

人。
最难与孤独抗衡。

苦心经营的究竟是感情还是关系。

雷光夏

她总是将音乐声调得很大，然后对着镜子精心地把眉毛修剪得细长而漂亮。嘴里若无其事地轻轻念叨：丝毫听不出张悬和陈绮贞的声音有何相似之处，舆论有时候有令人超乎想象的威力，轻而易举便将视听混淆，而盲从又是多么可怕的愚昧——为了刻意表现与众不同的个性但往往适得其反，幼稚低能无所不在，没有立场的人是靠不住的。

更多时候，她涂上发光的透明色指甲油，向着太阳的方向欣赏自己瘦削的手指，并坚定地说着依旧年轻，可脸庞却在苍白的话语声还未消退的瞬间黯然失色。这只是一种近乎自欺的安慰。而事实上，她的头发由于缺少水分已经干枯分叉，除了眉毛依旧鲜活外，基本毫无可取之处。

她说每年仅有一次的私奔是对这个世界最仁慈的恩赠。时间总在夏季。而在毒日的私奔季节里做出任何决定，都会显得有些底气不足。无论是微薄的情意还是恶毒的语言，终将被画布上厚重的颜料涂抹上愚钝的油彩。而狡黠的夏天却躲在小角落里，和她私密的小情人亲热地舔着一只漂亮的樱桃红色冰淇淋。

对外保持绝对的清醒是她惯常的姿态。她对于泛滥的 Indie-Pop

能够瞬间引起众多狂热分子的跟风有些不以为然。包括 Indie-Pop 在内的诸如台湾独立音乐、独立女声等一些听上去十分好听的名字，也都一概拒绝。她说那些只是利用了大多数人喜欢拿无知当个性的心理、打着新型音乐的旗号做出的一些声音垃圾。语言尖酸而刻薄。以一个冷眼旁观者的身份来看舆论创造出的大秀场。精彩绝伦。面对众多激烈抗击的声音，她骄傲地昂起头，带着一脸的坚定和鄙夷的目光直视过去，虚张声势地表明自己的坚决与毫不妥协。但却更像是一种自我告诫，心虚的意味一触即发。

此时，她从浴室里走出来，头发还在向下滴着水。从冰箱的冷藏层里取出一些冰块放入酒杯，红酒闪闪发光。打开旧式电风扇，让带着潮湿热气的风亲吻身上还没来得及干燥的水分子。随手将新买的雷光夏的唱片放入唱机的时候，她是做好了失望准备的。可当那温暖的声音响起时，她又不得不承认那温暖里有不可抗拒的魅力。柔软的声音沿着肌肤的纹理抚摸进去，掩去多年的伤疤，空气里漂浮着植物的味道。轻轻的独白好似呓语。欲罢不能的安全感。

她笑笑。将音量调得很小。昂起脖子，绸缎似的红酒顺着身体的管道一直倾泻下去，温暖内脏。太挑剔的人是容易衰老的。因为无人问津，因为曲高和寡。她想。

心的出走 不是背叛 而是告别

他们相遇的时候，他还在生活里半死不活地苟延残喘着。听不见爱的声音，是严重的感情阳痿患者。同时，他还是儿子、父亲、丈夫、领导，是一切讨好名词的拥有者，是妻子高潮的制造者，是母亲炫耀的追随者，是……是盛大华丽的虚情假意的表演者。

她涂了一些淡淡的油彩在脸上，但面色还是略显苍白。妖冶的红色珊瑚手镯，带着干枯的华丽缠绕着她。她从不愿把自己涂抹成别人的模样，却终究敌不过衰败的容颜。镜中那张姣美的面孔带上嘲讽的面具与假象苟合。

所谓假象，就是要在你还无法完全接受时先对它感恩戴德。即使弄假成真，或者劳燕分飞。

她说这是一个逃亡者，为了躲避无法改变的现实，带着背离和破碎的声音，逃到她身边。可她想要的只是清晨醒来之后能够嗅到湿润泥土气息的单调生活。与背叛无关。

他说心的出走，不是背叛，而是告别。心甘情愿做一次简单而漫长的旅行，偶尔停滞在某一站很多年或者永远。长时间爱着一个人，不计算关系，彼此平静地诉说。院子里种上一些芬芳的花草，在光阴黯淡的季节里相拥，看落英缤纷。如此交集，命中注定的单纯。挂着微笑的样子，像是从来都没有后悔过。

她轻轻笑起来了。不要对一切都信以为真，偶然回头看不到苍白，那只是一个个弥漫开来的泡沫，升起又茫然幻灭。

然而，爱丽丝的世界里，没有未来。

界线

要经历多久才能了解,这撕心裂肺也无法挣脱的软弱,究竟源自何方。

服从。尚还久远的年代,蓝白相间的陶瓷地砖、雕花木门、织棉透花窗帘、镀银栅栏、彩色玻璃拱顶的对称式四方院落,将城里足够多与院落气质相映成辉的的女子汇集,组成神秘且极度规矩的大家庭。容貌家世虽有不同,却都情愿不情愿地恪守阿拉伯世界男尊女卑的潜规则。她们或依《古兰经》的训导保持绝对的安静严守妇道,或默默赞许黎巴嫩公主阿斯玛罕的叛逆与驰骋,或躲藏在房屋隐秘之处谈论文学哲理诗歌故事,又或寄希望于身边女童长大后能完成摘掉面罩的斗争。终究怯懦。严禁女子踏足的房间,始终未见纤足印迹。调情,是不被许可的。"除了从天井里看到的那一小块天空外,大自然不存在。它已被几何和花卉图案所替代,复制在瓷砖、细木护壁板和粉饰灰膏上。想看看外面的世界,打开百叶窗也无用。所有的窗子都朝向院子,没有一扇是向外开的。"

滋养。紧握权杖、享受生活的是男子。即便生得貌相不好,只需略有些权势或财力,便能在宅院里安置几个活脱婀娜的伴侣,且人数可以视家境不断增减变化,生养一群得到真主庇护的孩子。

无需至死不渝。将自家的女子与街上的陌生男子隔开,仅是男子们维护自身和家族名誉的低劣把戏。

迁徙。终究是恶劣的行径。那些在女子间流传的抗争故事,能改变的只是少数人的信仰,无法根深蒂固。在熟悉的院落年复一年挣扎,假想是从未曾到过的陌生城市。于自欺欺人的幻觉里流放出新的地域和新的等待,低廉地成为为脆弱而无助的心培育肌肉的一种途径。

殖民。统治杀戮之间。狭窄阴暗的街道一直延伸下去,向着笔直的新街。驴马换成机车,每天早上醒来时邪恶的负罪感撕开干燥幽黄的肌肤。善良且愚昧的人们正遭遇着突如其来的低垂区间,体验着一片前所未有的混淆地带。殖民者也是充满恐惧的,闯入蜿蜒曲折的巷子便再也无法找到归路。殊未知,体现权力的最强手段是生存,而非死亡。

爱情是幻术,来自麻痹和愉悦。热烈的交换情感与身体,是超越神明所能允许的范畴,被禁止。历史的脆弱性,也便如此罢了。"幸福是给予和获取之间的平衡",仅是无法实现的夙愿。

听闻阿拉伯女子的智慧源于《一千零一夜》里的山鲁佐德,是曾用上千个扣人心弦的故事挽救自身性命和王储丈夫残破罪恶之心的灵动女子。一本书,《禁苑·梦》,有关界线——男女之间,深宫内外,老城新城,夙愿规矩。

一首歌。你现在到底清楚了吗,那么多年仔细躲避悲伤,到了今天仍然还在装傻。

经年累月的时间过去,古老的世界和无法打破的界线早已化为乌有。层层叠叠的厚重棉质面纱被撕裂,深深根植入地下,紧紧攥着泥土,腐烂,腐烂。有风的时候,扬起一些脂粉和泥土混杂的气味,是魂灵不灭的味道。

一场姿态匆忙的交接。

愤怒时 便是脆弱时

我幼时,曾承受了过多现在看来我那个年纪不应承受的钻心的疼,以至于很长一段时间内,我都认为,那种疼痛是随着身体一起生存的。流泪、踢打或哭喊,仅是无助的孩童为了释放这些疼痛所实施的具象表现形式,但永远无法真正囊括它的全部。该如何形容呢?皮肤由于伤痛呈现酸性的黄色的干裂;幼稚的目光里有深深的倦意,时常被大人们定义为"睡不醒";头发干枯断裂;遗忘诸如课本、文具盒甚至卫生棉之类手边最惯常用到的物品;以残害身体的方式缓解四分五裂的心脏所带来的超负荷。

更多时候,用歇斯底里来发泄愤怒。朦胧中,屋顶传来发情的猫撕心裂肺的叫声。张惶惊觉着起身,黑暗中额头撞在桌角,有温暖黏稠的液体流出,似抚过眼睑的、柔软服贴的乳霜,服贴却绝不背离。霎时的愤怒促使我用力抓过枕头拼命擦拭额角及脸颊上的血。头发粘着血粘在头皮上,闪烁着沉静且诱人的光。

我亦为这愤怒感到害怕,恐慌这将成为我唯一对待自己的方式。在静谧的夜里,不动声色地让愤怒变成魔鬼,引领着疲惫的身体走向深远的迷宫。是永无宁日,是万劫不复。心中了然,愤怒的女子终将背着沉重的枷锁成为那可怕怒气的奴隶,且无法摆脱并将自己拯救出来。于是,残留可悲的命运,"最糟糕的监狱是自己为自己设置的那种"。无可救药。

后来，渐渐学会把疼痛当作身体之外的一部分加以适当的剥离，并试图让自己成为一个彻底的旁观者，站在某一特定的角度抽丝剥茧地进行一番细致的剖析，甚至欣赏。有病态的决绝。痛到语言和书写都无法替代的时候，便会心地笑了。吞咽一些冰水，在房间巡回往返，阅读令身心愉悦的小书本，就能轻而易举地将其控制在心里极其隐秘的黑暗之处，不游离。

借助外力强行压制疼痛的感觉，有时候是荒谬的，但倘若全然沉浸其中，便会产生另一种沉眠的状态。遗忘寂寞与悲伤，不倾诉不喧嚣。间或伴随繁冗的电影流扰人的泪，也仅在片刻之间就被风干，无影踪。夜半安静之时，收到追随的男子传来的简讯，微笑却不回复。并不以高贵且不可一世的姿态示人，只是，我知，疼痛与残酷的现实一样，都是需要独自面对和承担的。

记忆是无法被抹去的。那些曾经的过往，如荆棘般牵绊着神经。在不经意之间，伸出隐匿的刺，让伤痛，寻不见痕迹。于是流于表面的，是一派气定神闲。像夏日午后安静熟睡的婴孩，无人知道那沁出晶莹汗水的稚嫩头脑中，是怎样的梦境。

曾尝试着找寻一种淋漓尽致的宣泄方式，让悲观的情绪通过某种途径获得合理的疏导，比如哭泣，比如愤怒。但当疼痛被肆无忌惮地释放出来的时候，便更疼。沉默良久，强迫以自律的方式在纷扰嘈杂的世界里挣扎。修己，安人。那些不被察觉的情绪、思维以及所拥有的一切，浮沉。

愤怒时，便是脆弱时。安静，便有足够的好么？

态度

咖啡馆外面白茫茫的一片。雨水和浓重的雾气搅和在一起,像一大碗浓稠的淀粉汁,把这个世界团团裹住。我在靠窗的沙发上坐下,为了赶赴一个陌生女子的邀约。那双被水浸湿的白色匡威帆布鞋出现在视线里的时候,我正低头思度着今年的秋天究竟去哪了等一些无关紧要的事情。知道约见的人来了,疲惫地抬起头。

她干涩地笑笑,像是为迟到而表示出一些可有可无的歉意。潮湿且凌乱的短发上滴下的雨水落在脸上,并顺着那张清瘦的脸向下流淌,细细的一条,宛若泪痕。她并不擦拭,而是坚定地在我对面的沙发上坐下来,用一双固执并略显憔悴的眼睛注视着我。

我以为你不会来了。她没有为迟到作出过多的解释,这让我有些轻松。

你没有自己描述得那么漂亮,但很舒服。我不接她的话题,却尽可能把话说得诚恳。心里宽慰同性之间的坦诚,掩去了很多脂粉。

我现在一个人住,你有时间可以去我家看看。女人之间的交谈,有些时候是可以自顾自的。谈论的内容虽截然不同,气氛却能够融洽而和谐。我看着她,不置可否——是该当听众的时候了。

她并不急促，缓慢地点上一支烟，摆出长谈的姿态。苍白的故事从那张柔软的唇中流淌出来的时候，带着暖人的温度。似乎一切都与她无关。十二年里，换一个男子就搬一次家。自欺欺人刻意制造出天长地久的场面来填充卑微而敏感的心。她从那些男子的钱包里取走信用卡的时候会对夹在里面的相片细致端详一番，然后微笑着放下。视若无睹。偶尔升起一丝撩人的情绪，也很快被无声息地掩埋。如今那个两百平米的大房间里，一个丢失了心脏的女人和一个死人住在一起。不分昼夜。男子的意外死亡断送了她最后仅存的对爱的需索。

和等待无关，她这样说，眼里带着长久伤痛后的决然。看不见希望。

我们改变不了爱情，所以只能改变对爱情的态度。

佛心女子

我曾在一个偏远的地方游荡过数日。那是一个很小的镇子,少人,日子也过得平平淡淡。狭窄破旧的街道两旁,间或有一些私人经营的铺子,小柜台上都摆着月饼。是那种两层纸包装、外面再裹上一张印有"月饼"字样的红色喜纸的古老月饼。出售时,店员总是用土黄色纸质的细绳打成十字扣系上,再打上一个大大的环儿,方便买家提走。于是恍惚间记起,将近中秋了。

闲暇无事与店员打趣,问是否可以先尝后买。那女子看看我,微笑着答允。随手挑了一块放入口中,那滋味,并不比城里的月饼差到哪去。询问价格打算买下,竟便宜得让人觉得不可思议。女子说,刚刚你尝的那块,算送你的,不要钱。

走远后不时回头看那女子。头发梳成马尾随意扎在脑后,素白的大衫有些污渍,面容平和。事实上,我并不曾想过要买月饼,仅因无端白吃了一块而心存羞怯,才买走一包。然那女子的亲切和客气,却让人心里恁地感到温暖。

恋父癖

她的皮肤看上去光洁却又有些酸涩的味道,像淡黄色的清新柠檬。赤脚站在房门外,紧锁的眉头,苍白的嘴唇,蓬松的黑色齐耳短发。两侧的碎发已经汗湿,服贴地粘在脸颊上,刘海遮住眉毛,松松垮垮的白色纯棉睡衣包裹着瘦弱的身体。窗外的天阴霾冰冷,月光夹带着大片黑色泼进屋里。她伸出手,死死地握住门把。轻微旋转,门吱的一声被打开。

屋里开着空调,气温很低。下意识裹了裹肥大的睡衣。以细碎轻微的步态踱到床边,揭开单薄的凉被,一个熟睡着的成熟男人的身体。她脱掉那件厚实的睡衣,及时地打了一个冷颤,身体泥鳅似的滑入男人的怀里,扭动一下。男人下意识地挪动身躯,然后紧紧搂住她。宽厚的手掌在稚嫩的身体上窸窣抚摸。皎洁的月光无限亲吻着她薄凉的身体,一层一层,渐渐腐蚀全部伪装。幽蓝色的暗淡灵魂被肆意放逐。在男人如火般的拥抱中,以一种缠绵悱恻的温柔,赤裸起舞。

男人并不睁开眼睛,鼻腔里发出沉重的喘息。带着律动的节奏在她的身体上游移不定。渐渐地,他停下来,以她猝不及防的速度进入她的身体,嘴里呢喃地呼唤着另一个女人的名字。挺直脖子。把头向后仰去,同时发出一声坚定的呻吟。扭曲的灵魂带着罪孽深重的情欲从头顶压下来，直抵颤抖的心脏，用力挤压。汩汩地流出肮脏不洁的血，黑死一般。垂涎的体液浸润着整个身体，催生出高亢的欲望之光，却将圣洁的灵魂廉价兜售。夭折在梦境的幻灭里，遗弃热烈的亲吻，忘记悲伤的纪念，冲顶的快感紧紧尾随最后一班地铁毫无悬念地驶入终结。期许葬身在夜色里。孤独湮灭在黑暗中。那早已钙化的灵魂，飞啊飞啊，渐渐远去。

男人从她的身上滚下来，巨大的生殖器把娇弱的肉身撕碎并瓦解得溃不成军。她回头看着仍在熟睡当中一脸平静的男人，欢快地蜷缩起疼痛的身体。以猫般安静，闭上眼睛。

她在天有一丝微亮的时刻悄无声息地重新穿上睡衣。伸出手，死死地握住门把，轻微旋转，门吱的一声被打开，又被重新关上。一切恢复往日的平静。站在阳台上，深深呼吸。冷淡的空气带着清晨特有的潮湿暗香扑鼻而来。微微一笑，走回自己的卧室。躺下，睡熟。一连串熟悉的动作如同惯常。

天终于亮了。朦胧中听见隔壁的房间被沉重地打开。一阵犀利的洗漱声过后，男人走进她的房间，轻轻呼唤，是到上学的时间了。她缓缓睁开眼睛。握住那只温柔的放在她额头上的宽大手掌，用极其细微的声音呼唤一声爸爸。撒娇似的伸张开身体，等待他帮她穿上厚实的衣。男人柔情似水，爱怜地看着美丽但有些苍白的女儿。这是个无论从哪个角度看都被他宠坏了的女孩儿，无奈地拿起衣裳。

他们愉快地彼此微笑，谈论着一天的安排。没有人提起昨夜发生的一切，或者没有人记得。她心里缠绵。看着英俊的父亲，岁月的蚕蚀，母亲去世的疼痛，都不曾在这个男人脸上留下坚不可摧的伤痛烙印。只是在夜深人静的睡梦中，一切被无厘头的召唤出来，带着不可一世的罪恶，慢慢扩散蔓延。

她深爱眼前这个被她称做父亲的男人，变本加厉地撒欢以博得他全部的宠爱。再没有人能从他的身上获得比她更多的爱，这个恋父成癖的女孩。

第三者

她一直都是。

有时她

是张狂决裂却清淡安宁的矛盾女子,在习惯化了的社会中像一个酸性的洞。肆意挥霍超载的情感、容颜和才华。当夜晚的阴冷潮湿笼罩在城市上空时,涌现一些惶惶之色,这源自于对这座城市的不热爱。被拆毁的建筑物拥有与己一般的愤恨,却远比哗众取宠的虚妄来得更加可爱。适当挥霍一些真实,却不虚张声势,仿佛带着某种速度在太空行走,现实是炎热,尽头是冰冷。长时间陷入癫狂焦灼温柔羞怯的状态之中,意识是彩色,灵魂是黑白。一朵奇异花。

是将书写当成儿戏的幼稚女童。好似拿着断裂的蜡笔,趴在地板的白纸上胡乱涂抹。那只不过是将不能言说的情绪宣泄而出的过程,无法糊口。从不说爱字如痴的癫狂语句,爱任何能吸引注意力的物事,超过书写。原本,那只是私人的事,与旁人无关。需索的,仅有慰藉。

是将谎言说得天花乱坠的妖娆女巫。从不忐忑,以为那谎言便是真相。很久以前就知道,若要让他人相信这其中的真实性,先要骗过自己。于是讲于己无关的故事,流一些眼泪,像幻觉。

是将孤单演绎到凄美绝伦的繁复女星。购得一只闪光的手环,配于腕上,用只属于自己的方式拥抱身体。孤单是拥挤的单人房里摆着宽大的双人床,散落很多书,和衣而睡,于天光大亮时自寒冷中醒来,是该起床的时刻了;是绝望地咀嚼流泪的苹果,生涩下咽,留下满手黏腻的汁液;是言语之时无人倾听,倾听之际又无人诉说,对着镜子自顾自重复一样的话语,好似回声;是不知难过,不会哭泣,不觉疼痛,不懂温暖,不愿拥抱,不能倾诉;是睡着的时候,右手紧紧握住左手,心安理得地以为那便是爱人的掌心。偶尔惊醒,带着宽慰的绝望。毫无安全感又无比安全。爱情是奢侈消费,可有可无,真实地抓住自己,才不会走失。

是对旅途贪恋到遗忘归程的漂泊女客。行走,并留下很多记忆,层层叠叠包裹,最终把自己编成一串难解的密码。生活终究在别处。

是将日子过得如陈词滥调的平淡女人。大段时间里,仅靠声音来分辨不同物事的存在状态,少交谈。让生活琐物奏响杂乱无章的乐篇,以为便是存在的意义。也有静待的过程,无非是无欲无求的沉寂,似葬身沙漠。间或阅读新闻八卦,衍生些许低俗莫名的小快乐,又倏地不见。那些快乐曝在光下,自己却隐在暗处。彼此静默,毫无交集,如过隙白驹。

音乐移动的时候，放弃了很多东西。是还未食用的食品，还未说出的谎言，还未拥抱的身躯，还未享受的爱恋，还未沉醉的注意力。这是一座石头砌成的荒城，淡薄的情感是鎏金的粉饰。是生活在城里的女子，等待着终了的一天有人牵着自己离开。

《圣经》上说，生有时，死有时；栽种有时，拔除有时；杀戮有时，医治有时；拆毁有时，建造有时；悲伤有时，欢乐有时；哀恸有时，欢娱有时；同房有时，分房有时；亲热有时，冷落有时；寻找有时，遗失有时；保存有时，舍弃有时；撕裂有时，缝补有时；缄默有时，言谈有时；爱有时，恨有时；战争有时，和平有时。

新的旅程总是姗姗来迟

时过午后才疲惫地起床。被窝裹着冰冷,入侵体内。思度着这个房间已多日没有他人造访了。地板上除了零星几丝落发,了无其他。空洞且干净。手指轻轻摩挲腹部皮肤。有些疼痛——干裂的疼痛。对着镜子咧开嘴,强迫挤出一个微笑,味同嚼蜡。

依旧如夏季般赤裸着身体垂着双臂站在屋子正中央。低下头,昨日夺目而鲜艳。人的衰老在很多时候是有迹可寻的。比如爱上独处,害怕嘈杂而低迷的环境,对父母眼中急切的婚姻大事视若无睹,对琐碎而新鲜的小事物产生前所未有的兴趣和热心,即使面对很多异性却依旧看不见爱情的模样,坐在马桶上发呆许久,膝盖相互摩擦取暖直到双腿麻木,丧失学习的兴趣,听柔和的音乐,案头放着很多柔情蜜意的书籍,上面落满厚厚的灰尘,却依旧没有拿起来翻看。

这座城市很多年来一直干燥得让人萎缩。带着不循规蹈矩却又墨守成规的荒唐。节日里连续几天降雨,气温骤然跌落。单薄的布鞋被雨水浸泡,寒意自脚心向上流窜。踩着雨大步行走,有噗哧噗哧的声响,萧瑟得不尽人意。间或有三三两两的行人,也都是急急地看我一眼,而后擦肩而过。家门口人工种植的原本开得娇美的花儿,如今也带着厌倦的姿态挣扎地活。被剪去一些枯枝,却终究摆脱不了命定的流离。宛若红尘。

繁复的夏轰然老去，只是未见秋的富足。带着嶙峋的美感，靠近死亡。

"人为妇人所生，生命短暂，还要经历许多苦难。出世如盛开的花朵，凋谢而去的时候像一闪即逝的影子"，《乔布记》里这样说。告诉自己应该起程寻找一些信仰。巨大的旅行箱被渐渐塞满，新的旅程却总是姗姗来迟。

寻人启事

姓名：苏打绿。

性别：男。

职业：不详。

日期：很久很久以前。

地点：保密。

备注：他说要送我一只青色的苹果。我在等待。

姓名：橘子红。

性别：女。

职业：酷爱出走的谎言制造者。

日期：不详。

地点：不祥。

备注：她总是错把荷尔蒙分泌异常误会成爱情。带走了苏打绿，导致我至今没有得到那只承诺过的青色苹果。我在等待。

请遇见者与我联系。

有一天啊 宝宝

身边有要好的女友怀孕数月。她坚持要为自己生下一个宝宝,做单身母亲。她说每一个宝宝都应该拥有生命的权利,没有人能够扼杀这种权利。于是想起蔡康永的《有一天啊,宝宝……》,他说要把这本书送给小 S 刚刚出生的宝宝和那些还在天上未到人世间的宝宝们。他说:"年少的时候,会说,如果有选择的话,我才不愿意来到这世界上。年纪见长的如今,会说,如果有选择的话,我还是会选择来到这个世界上。因为所谓的痛苦、伤害、不愉快,统统都变成成长的必经之路。如果今天变成美好的,那是因为昨天的苦难。爱生活,享受生命,才是我们来到这个世界上的意义吧。所以,宝宝,如果你可以选择的话,一定要选择来到这个世界上哦。因为不管是什么样的人生,都会是你独一无二的拥有。生命是我们唯一与众不同的东西。"

亲爱的宝宝,我想你是幸福的,也是幸运的。因为不是每个妈妈都有勇气让你们来到人间,享受生命的馈赠。如果你是我该多好,就能够看到妈妈脸上坚定不移的笑容。那笑容美丽的啊,会让人瞬间就认为她是一个幸福的女人了。你的妈妈她现在,已经开始为还没出生的你做着准备了。她脱下美妙的高跟鞋,她购买宽松的衣服,她仔细吃一些不那么刺激的食品,她躺在家里安静地休息……我看到了这一切,等你长大了,我就讲给你听,讲你的妈妈当年是多么认真地想要把生命送给你。

宝宝啊,明年你会降生在这个世界上。和你一起出生的宝宝一定还有很多很多,这样你就不会特别寂寞。寂寞啊,让我偷偷告诉你,等你长大了,你就会知道什么是寂寞。那个时候,你不要伤心,也一定不要告诉妈妈,因为她会为你担心。寂寞啊,我们都会寂寞。那是一种心像是要被掏空了一般的无奈,它让你无法表达,不知所措。如果能让心一直空着或一直满着,也算是上帝的仁慈了。可这只是我们最无能为力又微不足道的幻想。人的心脏是很奇怪的东西,它长在胸腔靠左边一些的位置,拳头大小,天生就是偏的。所以等你长大了,也要偏心一点,和其他人相比,你要对妈妈最好,牵住她的手,温暖她的心。

你出生在明年二月或者三月里,我想你应该是一个温柔的水瓶座或者多情的双鱼座宝宝。水瓶娇柔,双鱼暗恋。你的生命将因此注定被感情放逐。但是亲爱的宝宝,你不要害怕。要知道你将会是多么令人欢喜的人儿啊。你幽默、温柔、善良、聪颖,你是那么好人缘的人。

宝宝啊,我对你的妈妈说,请让我做你的教母。你的妈妈哈哈大笑着说为什么宝宝一定要信教呢？我说是"教育"的"教"，不是"宗教"的"教"。我要教你唱歌跳舞玩游戏，如果你是男孩子，我就教你如何泡小女生，倘若你是女孩子，我就教你怎样拒绝无聊的男生。你看你的生命多么精彩，有那么多人在迫不及待想要爱你。

宝宝,你会有一个名字。那证明这个世界有人在想着你，在关心你。虽然可能会有人跟你叫一样的名字，但是没有关系，在我们的心里，在你妈妈的心里，你将是独一无二的。总有一天，也许你会被一些你爱着的人遗忘，请你不要伤心，因为在有人遗忘你的时候一定还有人在开始爱你。你看上帝其实是公平的，让你在失去一些之后定会得到其他的东西。

很多小朋友都希望自己有一个有钱的爸爸或者妈妈，他们觉得这样的人生会很轻松。亲爱的宝宝，恭喜你，你就有一个很有钱的妈妈，而你，就是她最珍贵的财产。所以相信吧，你会在妈妈那里得到最奢华的馈赠。可是你不要忘记送给妈妈礼物哦，她是最应该收到你礼物的女子。

人们通常把讲给小朋友听的故事叫做童话。大人们都说，童话的世界是最美丽的。可是宝宝啊,如果有一天妈妈给你讲《白雪公主和七个小矮人》《灰姑娘》《拇指姑娘》《小红帽》的童话的时候,你一定要记得,故事里的小朋友不是每天都快乐的。故事通常是这样的:他们在经历了很多苦难之后,终于过上了幸福的生活。宝宝,他们是"终于"才过上幸福生活的啊,他们的生命其实也是残忍和辛苦的。所以你看,童话都是骗人的,它用美丽的结局把你迷惑,让你忘记过程的艰辛。因此,亲爱的宝宝,你要学会忍受生命中的疾苦,要懂得享受每一次痛苦挫折中的幸福,人的幸福往往来自于他所遭遇的不幸,那是你完美人生的祭奠,是你踏上华丽征程的起点。

宝宝啊,我想你学会的第一句骂人的话应该是笨蛋、猪之类的词汇。等你长大了就会知道,这个世界上就是有那么多不如你聪明的人。但每个人都有自己的生活方式,笨蛋也许会用他最原始最笨的方式得到他人的信任和关切。所以宝宝,不要嘲笑笨蛋,这种人往往比那些聪明人更有杀伤力。所以,如果可能的话,你就尝试着做一个聪明的笨蛋吧。

有那么许多人,千里迢迢来到雪山脚下,信誓旦旦地要触摸它的宏伟。只是站在下面的时候才发现,原来即使站在山脚下,雪山还是遥不可及的。所以他们调头走了。走的时候还依依不舍地频频回头又回头。他们舍不得放弃那些马上就能收入眼底的美景,更舍不得放弃那些再近一些就能触摸到的温柔,但终究还是带着畏惧之心远离。所以宝宝啊,当你站在雪山脚下,认为你是爱它的时候,千万不要调头回去。也许再努力一步,那些美景就真正是属于你的了。水管里的水永远不会被称为是河,只有在冲刷过大小石块、暗礁、沙砾,经过一道道风景之后,才有资格被叫做河。

亲爱的宝宝啊,我说得太多了,我想告诉你的还有更多,可是我说不完。但是有一点我一定要一而再、再而三地告诉你,请你爱你的妈妈。她是一个多么可爱的女子。等你出生之后,她会为了抚养你成长而慢慢变老。想想吧,她用青春换来你的生命、你的呼吸和你生存的一切权利。她难道不是这个世界上最值得你爱的女人吗?如果你知道你妈妈的故事,或者你会说 COOL!但是就是这一个词,换了你这美妙的一生。

所以,亲爱的宝宝和你的妈妈,祝你们万福安康!

你错了

以为表达就是索取。

以为回忆就是留恋。

以为微笑就是爱慕。

以为沉默就是悲伤。

以为幸福就是掩盖。

以为靠近就是欲望。

以为泪流就是缠绵。

以为躲闪就是慈善。

以为牵手就是承诺。

以为言语就是担当。

以为占据就是拥有。

以为拒绝就是责任。

以为迁就就是成全。

以为隐藏就是宣泄。

以为奔走就是存在。

以为欲望就是依靠。

以为我还是我。

以为你已不是你。

你错了。而我还清醒。其实黑夜一直不知道白日究竟有多黑,好比你一直不知道我究竟有多寡情。

強迫自己病人膏肓的病

そよ風が告げる春の訪れ
咲き乱れる花の香りに遠い君を想う

春の陽に見守られて花が咲くように
いつかは希望の陽が照らすでしょう

それぞれにそれぞれの決めた道を歩き
いつの日か微笑んで
また逢えるその時まで

黄昏が告げる秋の訪れ
移り行く紅の空に遠い日々を想う

秋の日に見守られて実り成るように
いつかは君の夢も叶うでしょう

それぞれにそれぞれの決めた道を歩き
いつの日か微笑んで
また逢えるその時まで

あの日交わした約束　僕らが描いてた
未来はどんな色に染まるのでしょう

それぞれにそれぞれの決めた道を歩き
いつの日か微笑んで
また逢えるその時まで

日本有一个叫奄美大岛的地方，传说是日本民谣的发源地。那里一直盛传着一种叫岛歌唱腔的歌唱方式。像蒙古长调，声腔高远、宽广且嘹亮。Kosuke Atari 的歌就承袭此演唱的风格，如同潮湿温柔的水草，纠缠身体。危险的安全感,轻柔抚摸干涸荒芜的面容。与世人决绝。那声音像是一场意外，带着极强的治愈能力刺穿身体。

她说她得了一种相亲的疾病，主动与每个只见过一次面的男子示好，却终遭冷落。这使她的生活渐渐陷入到一种失控当中，无休止地周而复始。她开始暴躁地拉扯原本就有些干枯的头发，断发粘在掌心。严重的强迫症混杂着紧张的精神错乱明目张胆地入侵思维，霸道地想要占有属于和不属于她的一切。不择手段。微笑地滋养着深不见底的欲望，扩张开去，换来一颗颗撕扯着的不甘屈服的心。

或许会有比现在更好一些的方式对待身体,我说,至少比疼痛要好得多。她询问我什么样的音乐可以疗伤、让人平静。想到 Kosuke Atari,却终未说出口。

强迫自己病入膏肓的病,音乐是治不好的。

半途而废的梦境 只为一场毫无预兆的雨

我将脸贴在阳台冰冷的玻璃窗上,细数着那些密集而凌乱的雨滴。所谓雨,有迫人回忆的气质。闭上眼睛,假意入睡。记忆却毫无缘由地想念起曾遗忘在她家窗台上细碎花纹的紫色太阳伞。

虽说是太阳伞,我却总是在雨水滂沱的时日撑起。妄想雨水即将淹没这肮脏的世界,连我的身体一起。我将化作一条拼命游泳的鱼,伴在鲸的身旁祈求死亡和毁灭。那伞在我的颓败中散落成花,独自绽放在空无一人的青涩田间。

雨总是离开得没有理由。带走了彩虹,冲散了盛夏。而我却一直睡着不再醒来。

半途而废的梦境,只为了这场毫无预兆的大雨。

仅是如果

那日返故乡以观者身份参加哥的婚礼。姑妈有些抱怨，嫌我装束平庸未着华衣出席，为家人脸面少添了些许光彩。我说，嫂子貌美便好，那才是哥的心头肉，我是观客，带了祝福就足够。胖得有些臃肿的兄长闻及，抚我的头发，用儿时的眼神望我。我微笑，时光并没有让我们变得陌生，只是那个曾牵着他手横穿街道的女童，已换成如今凤冠霞帔的嫂。我在思索我们是如何将时间一点一滴浪费掉的。在那奔跑的阳光里，微小的花瓣中，香甜的蛋糕房内，以及上上下下划成圆弧的跳绳上。

婚礼是闹剧，而新郎总是这场闹剧中最倒霉又最幸运的。哥不时看向我，带着疲惫而幸福的笑。一生仅一次，即便厌倦也无可抗拒。

遇见父亲，将伴在我身边的男子介绍，便再无他话。反复记忆此去经年那些场景，清晰得令人沮丧。母亲屠宰似的号啕哭闹。说安静，等于对牛弹琴。那已经度过的几十年的光阴毁于最亲近的男人手里，让她如何才能安静。父亲很醉了，踉跄在我面前。我看着他的脸，眼中空无一物。他牵起我的手，哭腔诉说她的温柔自己的爱。与我无关，又与母亲何干？

一日，我见到了父亲曾描述的女子和她的女儿。生得极相似的四只眼睛颤抖地注视着我,嘴里打着寒战说美丽。我言我的美丽是母亲的,与父无关。

那日,父亲不敢看我。

如今,我将不会见到她和她的孩子,亦不会见到旧日的父亲。我想她并不比母亲美丽,但也许妖娆而充满灵性,她甚至会与她的孩子谈及异性或香烟的话题,并在街前热情地拥吻父亲爬满皱纹的脸。

如果她有一颗恒久的心。如果她相信善与生。如果她的眼神明亮,内心安静且从容。如果她亦同母亲,对伴侣执迷不悟。如果她曾经抚摸过父亲的脸,为他的衣,掸去尘埃。如果她真的爱他,并且为了爱他,在没有皱纹的早晨,拥抱过绝望。

我就原谅她。

并不遗余力。连带母亲的份,流干我毕生的眼泪。

然而这些如果,仅是如果。

流浪者

我曾因旅途的疲惫而无法前行,在一个镇子停留了数日。一日,天下很大的雨,我坐在面店里等待雨停,却终究没有等来。面店的老板和气地跟我说,姑娘,我在这里住了一辈子,对这天气也算很熟悉了。这样大的雨,一时半晌恐怕是不会停的。你现在出去,怕是要病。你在店里住上一夜好了,待明天雨停再走也不迟。后院有俺闺女以前住过的屋,她嫁去临县,房子便也空了出来。我耸着肩笑笑,心安理得地留下。

夜很深了,没有睡意,店里除了我已无别的客。我和面店的老板坐在一张桌上低头吃他煮的面。无太多言语。食物带来的温暖足够慰藉所有呼之欲出的孤独。我喝了一口汤,然后抬起头看他的眼——有深邃的光闪动,瞳孔里清晰地印着我的脸。清瘦,皮肤泛着一些黑黄,下巴因消瘦而现出突兀地尖,凌乱的发如同随意疯长的杂草。我想我当时的模样像极了我曾幻想要成为的流浪人。沿着地图的指向,从一个地方走去另一个地方。终究梗在一条街的尽头,叫不出那里的名。

而我,却永远无法真正成为那个孤独的流浪者。于她而言,流浪只是出发。顺着那道延绵曲折的光,一直走下去,便不必理会日后的一切未知。一个起点然后肆意妄为。对我来说,为了朦胧中那个时隐时现的念头和短暂的祈盼，长长久久地走。然而起承转合，辗转反侧多年，却始终徘徊于原地。而天真，早已不复年少。

吃完面后，我走进老板女儿的房间，小且整洁。屋内因长期无人居住而泛着淡淡的潮气，被褥却有阳光干燥的香。暖烘烘地照得人心里快乐到底。快速睡去，并做着关于外省客的梦。那是在南方水乡恬淡的午后，天上满是云，被日光染成一块一块不同的颜色。一些穿着花里胡哨衣服的人甩开步子向前走。边走边对着屋檐上的青砖黛瓦指指点点。我想他们或许是从外省来到此地的。于是端坐在一旁，默默看着那些人的行为。他们声音响亮，笑声常惊扰树上的鸟儿。我走上前，请他们带我离去。我不能就这样一直坐着坐着到老，去哪里都可以，我说。一个女子推开我，队伍便又以浩大的声势继续前进了。

第二日醒来已近中午，推开门天晴得耀眼。慢慢走近老板身边问好，他竟被我的言语吓得一怔。只是很快，他微笑着说，对不起，我是盲的，不知道你已经在我身边。后来怔住的人是我。或许是那双眼睛过于清亮的缘故，我竟没发现那脱离身体存在的、虚假的光明。又或者原本就是我只顾留心在意自己在别人眼中的样貌，却早已忘却细细注视他人的表情。

在那之后，我旅途中的每一夜都是无梦的。而梦里的那个女子，她始终欠我一个正式的告别。

初花

一些细碎的声音拂过耳际。
是温柔,是抚摸,是柔情,是日久天长。

一些绵延的故事踏碎心脏。
是辩白,是惶恐,是苛求,是无动于衷。

掌控故事的不是声音。
而是耳朵。

是。
你知。

1.

活着活着便活忘了很多事情,比如性别。这是念和在做了一次漫长而多事的旅行回来之后,一直在思考的问题。

九月末,她收拾了一些简单的行李从北京出发,途经四川境内的康定、稻城亚丁等地,一路游荡,自昆明返程时已近十一月。这条路线,她走过多次,并没有太多新鲜感,仅是习惯。她是个墨守成规的人,使用一种品牌的护肤品,购置颜色同样凝重的裙子和墨绿色缎布球鞋,背硕大的包。就连旅行,也不例外。除了性别——她最近越来越不确定性别在人的情感当中是否充当着不可转换的固定角色,又或者不是。

她常想,没被时间追赶终究是幸福的,无须带着虚假的热情对待那些令人不安的、太过光鲜的事物,生活的态度也可以常处于一直向下的消极中。已经有时日没做过任何清扫了,细碎的灰尘与散落的烟灰一起,将房间里的一切涂抹成灰色。几双粘着干泥的球鞋凌乱地摆在房间入口处,被她不经意地踩踏过去,留下鞋底灰黑的印记。鞋带繁复,打着揪心的结。早已过了保质期的食物散发出些许霉味,与整个房间的味道交融,好似孪生。书本、影碟鱼龙混杂，是她在出行前看了一半便随手丢在一边的。只有存放了为数不多衣物的衣柜是干净的，却也因些许时日的封存而散发着潮湿木料的腐朽。父母亲的遗像在不远处的桌上放着，那是这个房间里唯一一块没有杂物的地方。她没有哭泣。早就不哭泣了。她时常忆起那场葬礼，那场典型的中国式葬礼——成年人聚会一般。父母亲的友人似久年未见，在殡仪馆外三五成群热烈地交谈，脸上挂着莫名的兴奋与喜悦。待听到大广播里报出自己需要告别的遗体名字时，那些张脸骤然变化晴雨表，瞬间扭曲成悲伤苍凉的模样。她知道，人从出生到死亡，唯一全力以赴在做的事情，便是应景。

她站在镜子前，习惯性叹了口气，将垂在前额的刘海向后拢了拢，额角隐约露出一条细长、粉色的疤痕，那是旅行中她不慎从马上跌下，额头撞在细长尖锐的石头上留下的。为了遮挡这条并不扎眼的伤，她剪短了头发。理发店的师傅在惋惜她的一头长发、建议她再考虑一下是否要继续保留它们的时候，她微笑却坚定地摇了摇头——这世上，没有什么是不能舍弃的。

随手拿起一本散放在床上的书本阅读，为了打发些时间。哪怕是最喜爱的书，读毕后也随手丢于阳台角落。未察觉，何时被雨打湿，何时起了褶皱。阅读与学习对她来说,从不是获得不错工作和不菲收入的途径,只是延续生活的一种方式罢了。父母去世时留下的遗产已经足够她这样不咸不淡地过一辈子,或许一辈子都用不完。小时候,她就常认为自己不适合在主流的刀口下活着。可什么是主流,什么又是异类。直到父母死的那一刻她才明白,活着,就是主流,与喜恶无关。

此刻,窗外无人顾养的小猫又发出令她心碎的、细小的叫声。念及旅行的这段日子,无法在院墙的角落放置一些猫粮,心里便自责起来。再次来到墙角边,已进秋凉。夜晚即使披上半长外套,也仍旧有无法抵挡的寒侵入体内。她本能地蜷缩起身体蹲下,以惯常召唤猫儿进食的微弱口哨声作信号,等待着那些可怜小动物的到来。

它们并没有来,遗忘了她的存在。她将猫粮分成几堆,每隔一小段距离便放置一堆,以便猫儿能够在更多的地方找到食物而不至于挨饿。走回房间的时候,她想,时间是最可靠也最不可靠的。它可以在人与动物间设置最紧密而安全的密码,却随时能够让那些储存密码的大脑丧失记忆。这,便是时间的缺陷。而她,却总是倾向于了无声息地适应这些缺陷,并最终与之融合在一起,摧毁先前建立起来的许多规矩。

几天以来,念和并没有与裴联络,告知自己已经抵达,也没像往日一样在他那张白色的大床上柔软地做爱。她在离家不远的盗版影像店里静谧地坐着,直至傍晚,与茶色落地窗映照出的自己长久对视。短促的刘海分向两旁,露出额角稚嫩的疤。这里的老板是细腻的南方男子,注视的目光潮湿而温暖。在了解她的习惯之后,并不催促她离开,也不打扰。雨下得急,店里除了她,没有任何顾客。她瞥了一眼那雨,一些密闭不可被探测的寂寞封存在水滴里。这寂寞令她在父母死后太长一段时间里一再泪倾。数杯咖啡入胃后,她坚定地知道自己可以安然撑伞出门,踏上未知的路途。

这座北方的城市最令她着迷的一点是,只要愿意,随时有你可以去凑热闹的聚会。开场时热烈张扬,落幕时孤单寂寞。她时常想起曾参加过的最离奇的一场 party。年轻的男女赤裸着身体和着音乐舞蹈,没有放浪形骸的交欢,仅是舞动的欢愉。黑暗中,她的衣服不知被谁拉扯了几下,露出白色的内衣肩带,在闪烁的霓虹下,发散淡蓝的、幽灵似的光。她并没有像他们要求的那样,将衣物尽数褪去,而是选择快速离开——她总是知道,什么才是最适合自己的。

她觉得自己有些老了。人老去的迹象不是回忆一些事情,而是反复地回忆同一件事,一如那场无疾而终的聚会。她原本便知,狂欢,是一群人的孤单,却仍旧毫不犹豫地以旁观者的姿态加入其中。就好像即使没有一个人真正感到开心,每天的聚会也同样会开场,孤独的人们也照常会乐此不疲。

2.

仍旧有一些微小但无法搁置的事情等待她去处理。比如清洗旅途中沾满污渍的衣物;擦拭父母的遗像;收发邮件,有些内容已经过期,诸如约稿之类的小事情;打几个必要的电话,对于未能如约完成书写表示寡淡的歉意,并委婉地要求对方尽可能快地将拖欠的稿费如数支付;购买带有茶香的饮品以及香烟,一并将存放了很久的空瓶罐与往昔的报纸、期刊处理给楼下回收站的乡下男人;在书店抱回数本近期打算阅读的书籍……这些杂乱的、仅属于个人的物质,都是些无关紧要的小事,毫无姿色和尊荣可言,最终能被记忆储存的,也不过了了。然而它们却好似沙石,慢慢凝结成山脉。缓慢的延续中,一些故事在情意里积淀。

这些琐事里，唯一需要认真对待的，仅是书写。她给固定的几家知名的旅行杂志撰写一些长短不一的、与旅行和情感有关的稿件，且拥有了为数不少的一批支持者。她说，真正的书写者，是会越来越慢的。她并不知道说出这句话的真正动机是什么——是为了缓解拖欠稿件的内疚感，还是认为这个时代过于快速，将速度放慢，保持合理的密度和韧性于文字而言是必要的。时常更换登载在报纸杂志上的署名，以为文字一旦公之于众，便不再属于自己了。间或有些出版社向她表达条件丰厚的合作意向——由对方出资请她去指定的一些地方旅行，然后写下属于她独特风格的旅行笔记，一一婉言谢绝。她想卡尔维诺是对的：我可以告诉你很多事情，但唯一无法告诉你真实。于是缄默。

头脑中时常会出现一些幻觉和焦虑。坚定但决绝的眼神，注视时一不留心便跌进身后悲伤的深渊。虚张声势地埋葬其他一些虚张声势，自欺欺人地以为已经对疼痛无所畏惧。她把这些统统视为衰老的另外表现。疑心有些女子是小说里的人，阅读之时，总会被痴迷而绝望地记住。就像笠原。

不记得那是她们共同完成的第几次旅行，笠原于入夜时分在浅睡中苏醒，制造出些许轻微的穿衣和走动声。房门在发出吱呀一声尖锐而干燥的声响后，便又安静下来。念和起身跟在她后面，步行了一段时间，拐进一条僻静的巷子。那两边是两排古旧的青色砖瓦房屋，保留了这个城最古老的居住范本。一切静谧得死亡一般，唯有自狭长庭院的院墙上延伸出来的逐渐颓败的灰色植物，声势浩大地证明着曾经那些一哄而散的时光。

笠原停住脚步转过身，看见不远处同自己一般站立不动的念和，忐忑地挤出一丝笑，手便伸进上衣的口袋摸索。念和想，自己是了解笠原的，她习惯在身上沁出汗水时解开衣领大襟，用干净的手帕细致擦拭，乳房的线条若隐若现。是自己的尾随惊扰了她。

想到这些，念和随手拿起桌上的青花瓷杯吞咽了一口水，那是笠原在独自结束了一次旅行后带给她的礼物。女子间的馈赠有时候是神秘而奇妙的，彼此间暗藏的相互温暖的情愫，是男子所无法给予的。她笑笑。人，若回到最初的生活状态，就只需要温暖和陪伴。至于精神，狼狈而奢侈。是现代文明的产物，是虚空，是无度，是无疾而终的坟墓。常有人诅咒着精神力量之枯竭，但倘若仅是呼吸便足够，那还需要些什么呢？

她将一张 Mischa Maisky 的大提琴曲唱片放入唱机，和衣躺下。

这许多年,她一直深爱大提琴传递的乐音和这个满头银发的俄罗斯男子,沉静,索然,不聒噪。她聆听着,那音乐里混杂着密密麻麻的鼓点,扰人心,起起落落,虫般在耳边蠕动,又撕咬。其间有那么几分钟,她目睹了一场华丽的幻觉,她看见自己与父母唯一一次踏进游戏场的那天,他们彼此手挽手,充满富足的幸福。毒日狂热地吻着她的皮肤,她想自己也许会失明——被那光那景刺瞎了双眼。日光很盛,繁华地烧着天空。

她在枕头下面摸索着找到电话,想拨通一个号码,任何一个都可以,告诉电话那端的人,自己此刻感到怎样的悲伤——碾碎肉体每一处的悲伤。很多时候,人是需要倾诉的,而她却找不到这样的人——她的朋友总是少得可怜。笠原,裴?他们都不在身边。又或者她需要的根本就不是他们。她想到了子衿。

黑暗中她伸出手,抚摸着空气和那片逐渐沦落的沉默空间。这个空间,她清楚地知道,除了自己与无形的神明,再无他物。遁寻不见身形的神明啊,灌溉给她诚实,铺陈她心中对生的敬畏,授她以婴般的纯洁,带给她爱恋。神明抚摸着她的略显消瘦而干燥的身体说,这世界上没有什么是需要穷尽一生来等待的。如果流泪,就囚禁彩虹;如果喜悦,就拥抱太阳;如果有恨,就诅咒世界;

如果有爱,就捕捉蝴蝶;如果倦了,那便睡吧。

念和闭上眼睛。

3.

一张浅淡色调且带着松节油香气的明信片躺在空荡荡的邮箱里。念和笑笑,是笠原自埃及寄来的。黑色的笔记清新而坚定:黑暗中,清平的水里有月色沉沦又浮现,摩擦着时光与空气的肌肤。经历涌动的蓝,就好像你口中描绘的那不曾停止的、微不足道的、疯疯癫癫不成言语的,以经久不息的虚妄来对抗现实的,迷人的光。

4.

感情究竟占据了生活中的多少空间?这在她心里的答案渐渐模糊。确定爱上或不爱一个人都变得困难,于紧张不安中患得患失,偶尔绽放几枝花,也很快以烟花散尽的速度回到原点。四周,一片漆黑。更多时候,她的爱在心里,仅是一个名字、一袭背影、一些断章的对话和一张无法忘却的脸孔。占星的朋友说,像她这样的女子,是很难得到完整的爱情的。

像我什么样?念和问。

小心谨慎,殚精竭虑,忧心忡忡,为人寡淡,离群索居,缺乏安全感……朋友一口气说出几个只有在苏念和身上才能同时寻见的、令她瞬时绝望起来的词。她轻轻抚摸着额角的疤痕,慢慢点头。自从几年前那个叫子衿的男子礼貌性伸出手向她微笑以后,她便有了这样的绝望。那是在她陪伴女友前往参加的一次派对上,一个未打领带、衬衣袖口随意上卷的干净男子,错把她当成自己的客户而向她表示出极大热情之后的事。为了浪费掉足够多的时间,她频于参加各式的聚会,却终以格格不入的姿态冷眼旁观。

徐子衿。他高贵且温柔地伸过那只淡蓝色血管突出、指甲修剪得干净整洁的手。

嗯?……哦。几秒钟简单注视,让她立即意识到这是个错误的礼节性问候,眼前这个叫徐子衿的男子眼里,除了浅笑,并没有自己所熟悉的丝毫物事。她迅速地将女伴推至台前,以缓解眼下的尴尬局面——从不外出工作就是为了避免应对这些看上去没有丝毫意义却令她感到极其不适的硬性外交。

你好，子衿，这是我的朋友苏念和。看着两只手仪式性地握住又分离，她轻轻地向这个男子点了点头，冷清地做出了她以为的最初和最后的问候——她竭尽全力所能表达出的、对"交际"这个词的全部理解。

除了用微笑附和同伴的话语，那场派对她几乎一言不发，而是用极其隐秘且敏锐的视觉感知着迎合或偏离她思维的一切环境、物事甚至人，包括女伴在内。穿着华丽的男女于她而言是遥不可及的，仅是一只价格不菲的手袋也让她觉得那些奋力工作的人该与她这个坐吃山空的人有一样挥霍无度的羞耻感。不同的是，她绝不会花钱买昂贵的手袋。低下头，念和看着被自己穿得松松垮垮的深色长裙和已经显出旧色的球鞋，手指有些用力地抓了抓放置在腿上的背包，那只背了多年的墨绿色帆布背包里塞满的有用、无用的物品，已足够填充她的心。

你有些离群，并未真正加入到我们当中。子衿在她习惯性躲进角落的时刻捕捉到她。

不是只有身体、言谈的投入才有资格被称为"加入"，感知便足够。她说。

注视、聆听、思索,然后自心里向头脑发出接受或抗拒的指令,便构成了你所谓的"感知加入"的全部?他微笑起来,嘴角边的纹路令她想起伟大的尼采。荒谬的想象!

不!仅是抗拒。她倔强利索地送出这句让他在以后的时日里经常想起的短句。

5.

她时常会忘记裴的名字用法语究竟应该发出怎样的读音,那对她来说是陌生而迟钝的。于是,她称呼他裴,以中文的发音方式——她总是固执地以自己的方式完成能力极限所能完成的事情,包括语言。

四年前的八月,空洞的大街,比人的眼神更加深邃。她无聊地坐在咖啡厅里翻看一本介绍这座城市吃喝玩乐去向的消费指南杂志,打算寻找一些适合自己的聚会。这场突如其来的人生最令她满意的一点便是,总有过多的时间可以用来浪费而无须感到自责。

一张小小的宣传画吸引了她的注意。阅读旁边的简讯得知,那是一个知名度不高的画展预告。她迅速抄下那则简讯下面的地址，按照建议搭乘的公交车次去往机场附近的一间大型画廊。

长方形的厂房式大间，四周的墙壁被结结实实地涂上一层灰色的水泥，将毒辣的阳光拦住。但倘若是冬日，来自日光少许的可怜的温暖，也会被毫不留情地隔离开来。密闭的环境，有时候是会造就出超乎想象的艺术的，她以为。虽然这样的臆断并无根据可言。

进去之后她才发现，前来观赏的人少得有些可怜——确切地说，诺大的一个房间，仅有她一个观赏者。景致的薄凉，旅人懂得；深夜旳清冽，无眠人知晓。念和深深地了解这种孤独，便认真地自入口处的第一幅画细细品味起来。

那些画均以同一个女子作为主要元素，辨识不清面孔，仅能从肢体和衣着的不同上读出一些悲喜。大多数时间，女子是喜悦甚至浮躁的，偶尔有悲伤的时刻也很快会雨过天晴烟消云散。一米多高的画板，女子的身形仅占据极其微小甚至可以忽略不计的一小块地方，剩余的绝大多数空间，都被灰白、素黑、藏蓝、墨绿、殷红、暗紫的凄厉色调统治起来。她皱皱眉，那些凄厉在她眼中渐渐搅和在一起，成了黑漆漆的一团。

喜欢么？她并未察觉身边何时多出一个比自己高出许多的外国男子。

她说，嗯……有点怪。

哪里怪？男子似乎不打算以客套的方式迅速中止对话——这个房子里唯一可以交谈的人仅是念和而已。

这些画中的女子是同一个人，单凭丰富的肢体语言和绚烂的衣着便不难推断，这是个光鲜亮丽的女子。如此容颜，画者怎么会遗忘她的面孔？这种华丽，从庸俗的眼光看，带来的应该是喧嚣的生活或繁复的情欲。而这些都是轰轰烈烈的色彩，与黯淡无关。我以为，这是位画家曾经爱过的女子。此女子易碎，但拥有良好的自愈能力。她外表的盛大和思维的单薄压抑了爱她的人的全部情感，并使他最后陷入深深的绝望中，以至于遗忘了那张诱人的脸庞，就连身形，也在心里渐渐萎缩成完全能被忽略掉的、极其渺小的一部分。

念和停顿了一下。又说，我是喜爱她的，要求一个华丽到近乎完美的人黯淡，好比强行拔光孔雀的羽翼，是残忍的。可至少她一直以自以为正确的方式、用自己的风格肆无忌惮地活着，那便有足够的好。这，也是"单纯"的一种表现形式。念和仰起头，看看身旁的外籍男子。

我叫……从法国来到这里，是这些画的创作者，也是你所说的曾深爱着画中女子的男人。他说话的时候，嘴角饱含诚恳的笑容，白色的牙齿整齐而漂亮。

除了那串拗口的名字没听懂，念和几乎是瞪大眼睛听他用蹩脚的中文做完简单的自我介绍的。从很小的时候，她便对很多东西都丧失了好奇心与新鲜感，仅是以局外人的姿态注视，注视但不靠近。父母经常诅咒她不知道传袭了谁的邋遢、冷淡和忧郁气质，永远一副游手好闲又肝肠寸断的模样，迟早得像林黛玉那样——愁死。她并不介意他们这样说，仅是以一种高傲而孑然的态度让这种气质与自己一起成长。直到父母死后，直到现在。裴的介绍令她忽然感到，自己多年来一直保持的沉默态度在一顷刻之间被瓦解，并带着自以为是的帽子赤裸地在人满为患的街上游走。不知廉耻的。

6.

这些年，自己究竟缘何一直停留在裴的身边？念和在结束了一些回忆之后这样询问过自己。得到的答案是，恋情的存在，并不是为了让恋人们感到幸福，而是为了表明，身在其中的人，究竟有多坚强。她干瘪地笑笑，这种无可奈何的想法，在很久以前她便了解了。她想自己还是喜欢裴的——他干净的手指以及他进入她身体时直接而用力的态度带来的无穷快感。她也喜欢裴画的女子，无论是往昔那个绚烂如烟花般的美人儿还是现在黯淡游移的自己。他画的都是女子，她想他可真是个才华横溢的画家，能够根据模特的不同随时改变画风，并始终保持画面神秘而荒诞的张力。

念和在他巨大的地下画室内看见很多不同女子的画像，被一组一组地整齐安置在某个位置。需要展出的时候，很容易便能找到。她知道这些女子都是曾经陪伴裴度过一些时光的人。并不询问关于她们的故事，仅从一张张画上，便能获得无穷的秘密。一个丰腴的金发女子，年轻的身体与头发一样闪闪发光。时常迸发一些奇怪的想法并偶尔做出令人发指的举动。直到一日她将一只猫倒吊在屋檐下很多个时辰，才被断定她是真的疯了。于是她穿上医院里白色的、天使一样的衣物。再没有意想不到的事情发生，仅是呆滞。另外一个女子,通体是黑巧克力的颜色,肌肤光滑而带着柔韧的弹性。衣物是惯常的休憩装束,只有脚上的一双鞋子,不断更替。念和想起了何欣穗。那女子曾顶着蘑菇头、灵精般地唱:大姐有一双红色的鞋子,二姐有一条蓝色的裙子,弟弟有一双绿色的球鞋。而我,我有一件黄色宇宙飞行服。轻描淡写,全然不顾在心里怎样炸开了花。

拨通裴的电话,是在十二月。十一月,她见到了子衿。每次旅行结束,她都讲述一些途中的故事与他知晓,好像馈赠的礼物。不同的是,礼物是旅者聊以慰藉的心情,无法购得。这城市里像子衿这样的中年男子随处可见。每日为工作穿梭整座城市,在很深的夜里疲惫地钻进出租车后座闭上眼睛回忆一天的劳作,一片空白。车窗外那片被快速忽略而过的、即将上演的迷醉,似乎与他没有任何瓜葛。它们像一场真正的梦幻,从来都不属于谁。

她提早一些时间到了约定地点,要了一杯白水,安静地坐着。一个中年男子在离她不远的地方坐下,从手提包里拿出便携式电脑。仅一会儿时间,眉头便锁住一些缜密,细长的手指飞快地敲打键盘,并不时扶一下滑落的眼镜。邻座,一个穿着学校制服的年轻女孩,目光充满渴望的呆滞。两只手紧紧绞在一起,指尖慢慢变成粉红。

念和同样目光呆滞，只是缺少渴望。她想起子衿的鬓角略微泛起白色的头发，整齐利落。曾经几次短暂地交谈，舒缓沉静。交谈中彼此了解，他们的家乡在相同的地方，来到北京之后，便花很长的时间思念，却终究不愿意再回去安家，好像不认命似的。习惯了四处漂流的生活，很难安定下来。念和用轻柔的家乡话说。

是约定的时间，子衿一直准时。坐在对面，冲她笑笑，用彼此都习惯了的开场白。微弱的灯光映衬着细声的交谈，念和显出一丝兴奋。谈及这次旅行，她说，那些时日，我常有追赶时间的惶恐。因为留恋，多数时候，我都沉默地走。等发觉时天已经很暗了，黑蓝色扎染的天光，以及住家房前点亮的昏黄的灯，点点。寡淡的月色自幽暗狭窄的巷口一路摇晃着照射进来，错落着凛冽的光，又投射在同样狭窄且高低起伏不平的青石板道上。那些路终年泛着潮，寻不见日光的潮湿，很缠绵。

我将一只大包背在肩上，加紧了脚步。因为安静，能够听见背包摩挲衣服的声音。那些住户多数都养狗，经过的时候能听见自院中传出来的狗吠。那些狗的模样很相似，身体高大，土黄色，耳朵小而尖,神情警惕。我时常会碰到开农用车的年轻司机,恳求他载我去远处的巴士车站。那里的人朴实,通常都开足马力载着我飙风似的前行。司机边驾驶着车边大声地说,姑娘,要是赶不上,你得花好几十块钱回去咧,咱都知道,你们这些背个大包包走路的,都没啥钱。然后就笑,鼻子上的皮肤,撩起一些褶皱。

登上最后一辆巴士,我踏实地知道终究能够返回到几十公里外镇子上的青年旅馆。车子开得缓慢,停停走走。司机经常因内急、饥饿之类的事情将车子停在路边,留下一车的等待和抱怨。颠簸近3个小时回到镇上,已经是万家灯火的时刻了,四处飘着食物的香味。我从座位上站起来,血液因为长时间静默,轰然跌落。缓和片刻,我回到住处,洗个澡,然后出门吃东西至深夜。

一个人旅行,既不知道前面的景色,亦无法知晓可能会遭遇的困顿。然而,因为知道前面还有路,而安心向前。她终止这段漫长的讲述。

子衿停住微笑,专注地盯着她夹起香烟的手指。那手指消瘦而湿润,有时间的痕迹。

她说，即使真的耽搁在路上，我也极少抱怨。安然留宿在某一户乡人家中，给眉目找一个好归宿，听一夜犬吠直至天亮。推开窗，闻见潮湿而带着植物气息的日光味道，便知，是坦然的一天。人，不能让太多抱怨在情绪里堆积。许多渺小的事情一旦慢慢沉淀，就有可能变成很大的麻烦。而后，便是情绪上的崩溃绝望。或许，忍耐并不是一个能够无限扩大的容器，但至少存在着，总是安心的。

他始终微笑。他把眼睛眯成一条细缝，微笑着注视她。

7.

对于婚姻，子衿时常轻描淡写。她很忙，一年中有大半时间都在外面，偶尔回来，又再次离开。说告别的话语远比争吵多得多，于是，告别成了一厢情愿的相信。相信归期，和分别后彼此生活的自主与永远无法获知的所谓的隐私。

他说，我以为，两个人之间，不过是一座城和另一座城的关系。即便紧邻也绝不会重叠。因此，存在与别离就变得不那么举足轻重了。我与她，也仅是凭借这一点共识完成了一场婚姻。而后，她继续漂泊在外,间或相聚,像两个相敬如宾的独身主义者,浅淡交谈,再说告别。

念和说,倘若有一日她回来便再不离去了呢?

他说,那便不是她了。

8.

裴忧伤地盯着她,每次念和旅行归来站在他面前时,他的目光里都充满失而复得的忧伤。他了解她,不喜欢被一再探究,亦不能被握紧。独自旅行的孤单被她诠释成安静又独好的享受。常被某一处别致的景物击中,遗弃归途。从不肯加入装备精良的户外旅行爱好者的队列,亦不用诸如流浪、远行之类的字眼为自己的离去披挂上单薄又令人动容的悲壮色彩。只是漫长地走,到达然后离开。那些毫无计划的停留,全凭心智。回望踩踏过去的足迹,撩起一些莫名的小快乐。

裴学着中国人的样子熬制姜汤。边做边说,你身体虚,喝点姜水,日后能防高血压,又治胃寒。念和看着他切几片老姜,连带红糖、葱根、香菜根、萝卜一起入了，以水煎做茶饮，很快便煮沸成浓缩的小海洋。又说，姜性阳，夜晚应收敛，故晚上忌饮。每日服能健筋骨、暖手脚、补血水。

念和并不知他这一堆蹩脚的中文自何处学来又花了多少时日牢记在脑中。仅是接了汤水，一饮而尽。而后收拾背包，拿出一个被层层报纸包裹的厚实物事，递给裴，算做礼物。那是云南一带特有的手工泥人像，男女的性器官都被极其夸张地进行了放大。念和想，它们像裴的画，生动但带着无奈的妥协。

他脱她的衣服。每次她回来，他们都激烈地做爱。起初念和有些抗拒，支棱着手脚，犹如站立在滑梯旁夕阳下的孩子——眯起天真的眼睛，注视，又遮挡。待裴进去了她的身体后，她才开始回应。舌尖缠绕，最终不分彼此。一些幻觉出现，她看见子衿在背后悄然注视着她，然后微笑。她想发出一些声音，嘴却被另一只温热的舌狠狠堵住。于是，颤栗，仓惶，亢奋贪婪又心灰意冷。

一阵芬芳的精液味浓郁地流入她的鼻腔。裴自她身后将她裹住，落一些吻在那片苍凉的脊背上。她的脊背时常毫无缘由的冰冷。你为什么总是离开？裴有些呢喃地问，念和不时的离去令他感到沮丧。他曾提出过两个人一起生活的建议,被念和柔软地抗拒了。

她说,能够在身体还年轻的时候,不断背叛心智不断出走是一种幸福。

他说,那为何最终还会回来。

她说,因为还得活着。

他说,不回来一样也能活着。

她说,是的,只是不确定活成了谁的模样。就好像我们总是依赖音乐记忆一些事情。但音符所能记载的,仅是心情。那些曾经说过的话,嘴边的旖旎,手心的温度,身体的交合,就连书写都无法抵达,音乐,亦无济于事。我们的记忆总是稀薄,需要通过各种方式被重新唤醒。旅行,也是其中一种。待趟过了碎的镜花水月,碾过了落的繁花似锦再回来,是否便可以和那些骄傲又伟大的时间一起,泅渡遗忘的河流?

他说,倘若孤单呢?

她说，曾经有一个奇怪的谜语是这样讲的。树上有一只乌鸦，一个猎人开枪打中了它，但它既没有死也没有掉下树来。为什么？答案是，因为乌鸦很坚强。

他们交谈。说开头，说结局。仿佛一切都做得了主。

9.

念和回到家。她有恋家的疾病，平日里倘若无须购置生活必需品，则极少出门。站在阳台上看外面的嘈杂，喧嚣而孤独。那便够了。习惯了每隔一段时间便更换一些家中的小饰品，将搁置的忧伤悬空。记忆里，时常搜罗出一些男士用品，细致整理过后并不归还主人，连同过往的回忆一起，当作生活的废弃物，丢进回收站内。那些物品有时候多得有些吓人，起初她并不察觉，待到家中物品堆积如山需要清理出一些空间之时才茫然发现，原来这早已不是她一个人的家了。

干净的带着清香洗衣粉气味的CK内裤、男士洁面乳、剃须刀、各式T恤、牛仔裤、粘着泥土的登山鞋，甚至写满潦草字迹的纸张，时常出其不意地在家中某个角落出现，带着过往的影子逆光降临。

盯着那些不属于自己的物品发呆，如同观望一场幻觉，无论如何都回忆不出当时的场景。即便是凭据，也是过了期的。可凭据毕竟不是记忆，陌生的意义仅仅是遗忘。

念和想，这世界上，并非只有女人需要安全感，男人也需要，甚至更强烈。因为寂寞繁忙、无所皈依、畏惧由疏离带来的荒芜的时刻，渴望占有。带着幼稚而霸道的需索，自欺欺人地以为纵使弥散着太多倦怠，最终还是会有人守候在某个角落。安全的满足感。并天真地以为，占据便是拥有。

不记得是从什么时候开始，她便不肯在男子家过夜了。离去前小心整理，尽可能避免将自己的物品滞留其中，偶有遗忘，迅速取回。归家的路上，呼吸着空气里过于清冷的气味。路灯明亮而绚烂，似乎是温暖的。一个寂寞的手势便能让烟花在心里终年不灭的固执，已经很多年没有过了。能留下的，只是过期的纯真罢了。

四年来，她与裴的关系一直保持着平淡中稍有亲密的状态。从不在对方家里搁置属于自己的物品，仅是去了又回，给彼此做个伴儿。也不追查像裴这样的男子，在她不知晓的夜晚，与多少个女子热烈地做爱，说缠绵的情话。她说，感情的事大抵如此，用物事侵占空间以证明自己的存在，是愚蠢的。

10.

笠原自泰国寄来的明信片因长途运输的损毁显得有些不洁，四个角也略微曲卷。笠原写道：和，我很开心。与素不相识的孩子游戏，总会忘记光阴。然这世界上，凡有得到时的热烈，便必有其相反的寂灭。是故你若落泪，湿的总是我的脸。你若悲戚，苦的总是我的心。此刻我在快乐，你是否会感受甜蜜。

明信片上，一只憨厚的大象正将鼻子里的水轻柔地洒向孩子们中间，那一道晶莹，钻石般绚烂。她打开一只储藏物品的纸箱，将卡片仔细收藏，与笠原自很多地方寄给她的卡片一同。

笠原……她笑。想到这个女子自相识起到今，坚定地留给自己的若干承诺，正在时光中一一兑现，便满心慰藉。有时候，也兀自喜形于色。一些过往在回忆里发光……

11.

念和大口大口地喘气,潮湿的风夹着潮湿的寒气入侵身体的每个细胞,她把一切能穿的衣服都穿在身上,还是觉得冷。眼睛像被施了咒怨的法术,渐渐开始分裂,碎成一片片似玻璃闪光的花瓣,夹杂着冰冷的寒气离开身体,背信弃义争宠似的投靠冰冻的寒。低迷的风咆哮着擦过耳朵,卷起一些鬼哭狼嚎的声音,跌跌撞撞地扑面而来。

手给我。那只细长消瘦且指缝里蕴涵旅途尘埃的手伸向念和时,她正以无法思考的决裂姿态艰难地紧抠着被雪裹住的山崖,向上攀爬。雪的寒气,令她来不及思索便毫不犹豫地将手放入另一只手里。念和感到被用力地向上一拉,腿上只需稍微用一些力,便顺利登上了一处狭窄的平台处。

我叫笠原,你一个人么?那个被专业登山装束包裹得严实只留出鼻口呼吸、皮肤在阳光暴晒下显得黝黑但分辨不清容貌的女子说。

是的,一个人,叫我念和吧。她回答,声音颤抖,浓重的冷气在鼻腔里似乎停止了流动,念和有些呼吸困难。

你身体看上去不那么好,不该一个人来这里,危险。笠原说话声音清亮而快速,简单明了。

那次旅行,念和在与笠原相识后,改变了原定的行程。跟着笠原搏命似的征服了连绵的几座雪山。

回到北京当晚,笠原坚持要与念和同住一个星期。她说,想与你住,看你的生活。简单但有无法抗拒的坚决。念和有些措手不及却不知如何拒绝。记忆里并没有什么人与她整日整夜地相处,就算是儿时一家人还在南方老家居住的时候,多数时间她也都是一个人独处。可现在侧目便能够看到另外一个女子柔和沉美而健康的轮廓,清晰安详。笠原说,我要带你去吃蛋挞,炒片儿,红豆粥,炸苹果。笠原说,我们坐公车四处转转。笠原说,夜晚清冷,带件外套。笠原说,我每到一个地方,都会寄一张卡片给你。念和从未想过要与如此这般的女子在一起,但却任由她温暖的言辞抚摸身体。那语言的质感像一床柔软厚实的大被,覆盖全部距离。那个时候天空的蓝很淡,聚散不定的云也少。初冬还温暖的寒气随着笠原的体温一起铺散开来,琐碎又静谧。

一年里的大多数时间,笠原都在路途中。念和仅能凭借收到的明信片了解，那个女子已经走过的一些地方。时常，她在深夜里打电话来。每次都是用短促的语调呼唤"念和"这个名字作为开场白，然后便是笑与问候。然而，这样响在夜里的电话，定是无眠的前讯。念和握着电话，先是斜躺在床上，而后又站在浴室镜子前，再来到阳台上，看被夜晚的寒气逼得凝于玻璃上的水汽。窗变得朦胧，对面的楼仿佛也不那么明朗了，没有一丝光亮。最后，她退回到房间里，关掉所有的灯，坐在地毯上。偶尔有车辆驶过楼下，折射在天花板上的光，好似流年。

笠原说，念和，你来我这边么。这里很穷，孩子的眼睛是闪亮的。我时常在晚上少人的时候，牵着留宿我的婶子家那个叫妮子的女孩的手，于离她家不远处的一条空旷路上一直走下去，以为是通往天上的路。那里看不见人群，隐隐觉得是在薄光下缓缓地走。仰望之上的天，与你在的地方无差，并没有想象得那么深远。好像谎言，一切皆属人造。而天上地下的人，一样绝望如常。她言语的速度，异常缓慢。念和能够清晰地分辨出词与词之间的喘息，仿佛于高空俯视。

不会去，但会等你回来。念和说，话语如清水般平淡。我们所经历过的一切统统不过如此，观望然后感慨，了解他人的痛苦，像了解自己的一般，都是我，又都无我。所谓陪伴，不过是我们并排站着，一同看人间落寞。

笠原说，我们并排站着，一同看人间落寞……可这落寞像围城，里面的人出不来，外面的人想进去。妮子时常问我，城市是怎样的。我想了一下告诉她，相比之下，还是你家更美。她又问为什么父母总让她好好学习，长大了就能去城里？我回答，也许他们认为城里更美。可城里太美了，你就看不见自己的美啦。也许她并不懂我在说什么，迟早有一天，她会懂的。

一整晚，她们都这样通过细长的线交谈。说寒冷及雪。说炽热与毒日。说白昼和子夜。说时常沉默。说天降性命于人，却又赐疾苦哀伤。说无尘埃缠身、明净似的心。一些微小的细节，言毕后出现短暂沉默。她们的话触及很多，只是不提感情。这许多年，一言爱，仿佛必抵忧伤。隐藏了许多自愈的伤口，就像不曾在生活中存在过那样。但从未听说过，谈论爱就能得到爱，言说幸福就会离幸福更近一些。

12.

思念笠原的时候，念和时常想到自己，好像她们是相伴长大的双生女子。这许多年，花大段大段的时间用来行走。母亲曾说过，自己掌握人类直立行走的特点要比同龄的婴儿更快一些。成年之后，被父亲淘汰下来的一辆旧式四轮小汽车代替了步行，那些想要捕捉到却终究忽略的风景也因此被更快速地过滤掉。于是念和在父母咒骂的言语中卖掉了车子，用肢体感知地球表面的温度，有脚踏实地之感。

曾认真思考过为何一直对行走心存留恋，念和想或许是自己在无法纯真的年月，说了冗长而纯真的话语。所以心里一直缄默至今，要完成一场看不见终点的旅行。很多时候，在记忆里寻找一个地方，就如同寻找一个人一般，带着与情感相同的颜色。那些抽象的名字在某种意义上，构成了不可或缺的生活。比方北京是干燥的而上海是湿润的，成都带着潮湿温暖的暧昧深圳繁复而冷淡。一座座流光倒影的城，永远散不开的松节油的芬芳，以及那些闹哄哄的人群，在她身后，被时间统统带走。于是记起一些地名，好似旅行。

北京。天真地以为这个城市有个奢侈的名字叫做家。却终究成了沿着每条街道寻回往复的旅人。找不到前进的方向,也看不到归途。

上海。涅槃。妖娆高涨的情欲和摇滚一样,都是毒品的同宗。可以停留,但终归要离开。每个人是每个人的过客,每个人是每个人的思念。

成都。街头巷陌。倘若遗失归途,那便可以努力睁大眼睛,认清周围的一切,然后大大方方地离经叛道。

西安。太岁司,子归殿。破旧的城墙在喧嚣中安静地沉睡着,而自己却在清醒中不断衰老。

武汉。蝉鸣和喧嚣而混沌的江水,年复一年。像记忆里空旷冗长永无休止的老夏天,橙色的伤感弥散。留恋但不停歇。

济南。这座城住着念和的旧魂魄。远远看见过往的自己开始对故事发展的过程和结果感到恐慌,并懦弱地宁愿一切从未开始。那些貌似与己无关的故事连同藕断丝连的牵挂和绝望一起腐朽,散发着令人恶心的气味。无法安于等待,与耐性无关。当由华丽肤浅构建起的迷恋消逝之时,连站立的勇气也一并不见。身躯渐渐下沉。

无锡。长夜歌,季陌花。减三千弱水为流淌,留八面玲珑做替身。

深圳。独旦独息。高尔夫是夏天,树影是夏天,蝉鸣是夏天。这是座被温暖包裹的城,城里流淌的,是彻骨的寒。四面八方竖起的闪光镜子里,充满身世。

白音敖包。自缓和的坡顶一路翻滚下山,面颊擦伤成碧绿的颜色,如同伏击在草丛中随时等待攻击命令的野战兵。穿梭麦田寻找曾经天真烂漫的过往。

达里诺尔。绸缎似的孔雀绿色,海绵般吮吸无尽的寂寞。低下头,便一无所有。

康定。一切都与明媚有着千丝万缕的纠葛。云朵复杂地交织缠绕,被阳光笼罩上大段的金色,妖娆地蔓延。大块蓝白相间的隔断似的天空。皮肤逐渐变红,透着健康的颜色。听络绎不绝的游客喋喋不休地抱怨，总是有太多人对这座跑马溜溜的小城失望，妖言惑众。翻腾都市的浮华，散落葵花般的笑，如此简单得让人感动。

亚丁。藏灯。人有时候需要一个真空的环境，花费很长一段时间完成身体对于这个地方的探索。在隔绝众人之后祈福，愿来世生得菩提时，心似琉璃。

中甸。青灯行，灭为光。喉咙变得嘶哑，无法发出任何声响，用排山倒海来形容难过。

昆明。空气里弥散着植物的气息，被随手丢弃的花铺得满大街都是。花朵褪色的瞬间，一些笑声跟着跌下去，毫无章法地错落。相恋的人手挽手，纵身而跃，激起片片残花败柳。

丽江。所有感情，来路不明，去向不清，对待不善。欲望把灵魂捣碎成很多肉体，与无穷的暧昧一起被困在古城中，辗转反复，每一天只觉得离来时的路更远一些。

泸沽湖。水月镜花，白色的蓝。耳膜被空中裂开的歌声华丽地填充，短暂地失控。何须相爱到白头，不染尘。

阳朔。狭窄而潮湿的街上一年四季都印着陌生男女亢奋的脸孔，寂寞地热闹着。可当明白这寂寞已无药可救时，便更寂寞。

北京。辗转经年，终究回来。失去的，早就失去。留下的，不知何时会过期。

行走，念和说，自欺欺人的满足感。无论我们走快走慢，终究赶不上地老和天荒。因惧怕而疏离，用遗忘做抵抗。

13.

又一张来自笠原的明信片，念和知道，一直有人在思念自己：南亚最近一直在下雨，今天终于现出久违的晴日。晴，且毒辣。我跟随午间躲避炽热的人们，快步走进细巷里有树荫的院子。进去才知，无意间闯入了一座小设计室的后院。院落有潮湿的气味，是日光匿久了的缘故。苔丝点缀院墙。佛像、香炉、燃尽的油灯台、藤椅，有典型的南亚风调。在椅上浅坐，不消一会儿天又阴沉了下来。这种不定的天气，在长久的出行中时时经历。每逢这个时候我便常想，或许是该离开了。跟着阳光的指引，才能找到对的路。

14.

等待的意思是,时间久远地过去,而自己却停留在原地,丝毫不动。

子衿看着坐在对面的念和。瘦小的下巴单薄而柔软,嘴唇略显干燥,有深刻的纵深痕迹和凝重的齿印。十指瘦削,时常纠结在一起。透过衣物简单的线条可以断定,这女子的胸部并不丰满但很圆润。

他们常以这种面对面的方式坐着,一坐便是几个钟头。浅淡地说一些无关紧要的琐事,而后化成道别后长久的记忆和思维。

说起寂寞,子衿说,它太乖巧,总是在你最想念它的时候来临。一直想找一个能够吞噬很多东西的空间,比如虚假的笑、热闹繁华的街头、冗长的工作。更多时候,我会在安静的小道上跑过一段路,流许多汗然后回家。过于疲惫的时候,洗澡后躺下,沉睡中做一些离奇的梦。

她说,我与你不同,不工作,亦没有繁杂的交易。过去唯一需要交代的仅是父母,现在连他们都不在了。常期待下雨,哗啦啦的雨声能覆盖很多噪音。再无须用唱机里的绵长音乐掩盖呼吸,用嘈杂的机车发动机声遮挡争吵,用古老的电影画面打发失眠。雨,有充足的力量,令人面对寂寞。不要以为这是一个写作者的生活方式,我不是以书写为生的人,一旦文字变做为他人阅读之用,便与我失去了本质上的联系。而像我这种语言贫乏、交流能力不强的女子,是需要靠书写来缓解失语造成的压迫感的。

她停顿了一下,然后说,雨是不会常年下的。晴日总是比雨季多得多。于是我选择出行。这好比一只蠢笨的鸟,不渴望目的地,也不强求速度,需要的,只是飞翔的过程。所以人总要习惯与寂寞融洽相处。在安静的日子里,看尘埃在眼皮上跳舞,看孩子大声嬉笑。而听到的,不过是花开的声音,以及树叶于夜空中滑落、等待再次重生的心愿。在某一特定的时刻,即便有黑云压痛了我,那悲伤也仅是少许。整个世界都在恍惚,悲伤又有什么用。人们都说,梵高是世界上最寂寞的人,他割掉了耳朵,摧毁了全部理性以构建自己决绝而孤立的信仰,并陶醉在带着盎然生机的自然之中。我常想,这样就不需要聆听了么?是否造就寂寞的人,都与艺术有染。

他说,我以为正相反,是造就艺术的人,都与寂寞有染。这有点说不清,像鸡生蛋、蛋生鸡的关系……他笑笑,疲累的时候,我常坐在车里，打开电台，听主持人用缓慢并深沉的语调说着什么，其实我不知道电台里究竟说了什么，只是听得到声音，有声音便不寂寞。你时常听电台么？

不，从不！她说，我不喜欢情歌在电台里打转，声音沙哑的主持人故作安好地用嬉笑抚去听众的无助。我们都知，那声音的保质期只有几分钟罢了，无助终究还是无助。有些感触，虽无疼痛亦无泪水滴落，却停留在心脏周围。于不经意间挖出来，一样有扑楞楞的决绝声音，并非哗众取宠的玩笑或低眉顺眼的慰藉就能抹去的。有些事在人心里所占据的位置或许并不大，就好比我们生活的这个角落仅是地球上的一颗痣一般，与其想方设法想要抹去那黑色肮脏的模样，不如劝说自己坦然接受，而这些，都是需要自己想明白的。

他说，倘若想不明白呢？

你该知道，鸟儿以它的方式飞翔，月光以它的方式照耀，花朵以它的方式绽放，树叶以它的方式飘零。而生活，也同样会以它的方式继续下去。也许这就叫命。念和说，这个话题太沉闷，她呢，她回来了么？

他说，还在外面，我不知道她现在在哪里，她在国外的时候手机总是关着的。我甚至有点记不清她走了究竟有多久。最初我常担心她，现在不了，这于我而言已经成了习惯。她有足够的能力照顾好自己，而我们之间，只是两条亲昵的平行线，紧密并行却永无交错。我曾认真地想过是否该结束这样的婚姻，但偶尔能念及、谈论一个人，总比空无一物的好。更何况，或许单身以后的生活并不见得比现在好也未可知。她与你有些相似，也是长长久久地走，可大多数时间你都在这座城市里存在，就算出门也终究会回来，无法走远，她是不同的。行走对她来说，好似生命。

她说，这城市里，生活着这样一些女子。衣着简单，行动独立，生活散漫但不贫穷，思维活跃但不凌乱。她们时常充满疲惫的疏离感，安静而认真地活着。最容易被人忘却，也最常被忆起。带着与众不同的气质，在城市某个角落低调地存在。她们或许有某些不为人知的才华，又或者操控着盛大繁复的秘密。很少对身边发生的、与己无关的其他物事产生好奇，仅是活着，便要耗去她们毕生的精力。

他说，像你一样？

不。她说。

念和想起了笠原。

15.

念和在她的笔记本里这样写道：或许他是我在等的人，我在等着他出现。只是出现了又有什么好呢？他是他，我依旧是我。我们之间，没有交集。然而，我却是胆怯的，那些随之而来的危险无处不在。一直以来，我都如此缺乏应对的能力。我常想念他，但当意识到想念时度日如年的艰难与相见时转瞬即逝的恍惚形成了一对不谋而合的凶手时，心里的荒芜就变得捉襟见肘。于是，耳朵开始滚烫。或许这样的情绪适合适度怀旧，好用来抵抗，爱情激素在我内心中被过度诠释和夸大了的、在感官世界里的主导地位。

有那么很多次，我走在路上，走着走着就忽然停了下来，当意识到或许有什么需要探究的时候，却全然捕捉不到方向。我不该也不能刻意追求所谓的永恒，在适当的地方停顿下来，沉淀形神，再走一段不缓不急的路，拖沓冗长也好，行云流水也罢。簇拥着、并排着、疏离着、搀扶着，待彼此消耗殆尽时，再回头看，那些不惹尘埃的事,被风吹着飘。停下来吧,也许目前最好的方式就是暂时停下脚步。这好比人们深入浅出的交谈,那是一个由汹涌澎湃走向平铺直叙的过程。交谈中,渐渐累了,暂缓速度,终究平和下来。这样也好,至少真实且诚恳。

我是念和。我在想些什么?与其沉浸在对他的注视中,一路探究那些被相信、被肯定、被成全、被祝福、被效仿、被留恋的被动生活,并为了保持在此过程中心态的平和、稳定,而深深陷入内心的迷惘、恐慌、盲目与顺从。倒不如相信早已准备好的答案,尽管这答案未必真实。但既然不可先知,便不如以行为弥补苍白和拙劣。

"爱之于我,不是肌肤之亲,不是一蔬一饭。它是一种不死的欲望,是疲惫生活中的英雄梦想。"——玛格丽特·杜拉斯。念和在最后写了这样一句话。

16.

念和常去的家附近的一间小 Lomo 相机店,莫名其妙地将底片价格提高了一倍。于是她坐很长时间的车去新街口那边的另外一家店买。那之后,她在那条极其繁华的街上走了近两个小时的路。常有购物的人拎着大、小手提袋擦着她的身体撞过去。她有些急促,躲闪避让,厚实的人流总让她感到无所适从。雪似下非下,空气潮湿清凉。她走进一家碟店,挑选了一些近期想看的电影。再之后,她来到裴家。

裴,新年快乐。念和站在裴的面前,习以为常地接受他法国式的拥吻问候,并回以一个象征性的吻。

让我们想想该如何度过这一天。裴说,PIZZA、电影、音乐会、歌舞剧、酒吧,又或者你只想去书店逛逛?

我只想待在家里,念和微笑。年末或者年初,从何时起已经变得不那么新鲜了。那些曾经的勇气和热情、睿智和希望,正以极其拖泥带水的速度慢慢远去,并终究不再回来。于是,这几天便成了一年中最脆弱的时候。这一年,她走了太多路。回想起忙忙碌碌所换来的某些价值,到头来终究所剩无多,便不敢再怀揣着奢望想得更远。

在法国,有很多专门出售各种酒的商店,有些是崭新的,有些则很古老，而里面收藏的酒，可能比那家店更老上一些岁月也未可知。裴端着两杯正宗的法国红葡萄酒，并将一杯递给念和。又接着说，那些店的门面或者橱窗前，都挂满放酒的木质小箱子，形状、颜色各不相同，引起路人的驻足。即便是不喝酒的人，也常会走进店里逛一逛。倘若遇上打折月，人便更多了。每个店都不会落伍，四处一片折扣价。

念和问，那些古老的酒，是用来出售的还是仅为收藏？

裴说，那些酒在店里会得到最好的储存和保护，如果真有顾客诚心想要买走，只要价格合适，店主也会考虑出售，只是那价格，通常都昂贵得吓人。一旦被买回家，主人大多仅是取极其少的一点，观其色、品其味，按照自己的方式确认它的真正价值。而后便细腻地储藏起来，经历岁月。

念和点点头，不再说话，悄悄地找寻着被裴打断了的思路。这些年的每个年末，她都会书写一年的回忆。有些已经被记忆放空，靠相片与文字留住的那些片段，也不再清晰。只有一些疼痛，还记在心里。忘却欢乐总比遗弃痛苦要容易得多，她想。

她再次听到裴在叫自己的名字,于是被动地迎合着他。

他说,念和,我们结婚吧,跟我去法国。

她皱皱眉,这个四年来一再被提起却从未被定论的话题始终横亘在他们中间。她想她不愿意跟他去遥远的法国,尽管那里比中国更富有浪漫的气质和缓慢的节奏。她也不愿意成为一个画家的妻子,那是不安全不安定不理智不可能的。她更不愿意心知肚明地了解自己的丈夫时常与别的女人做爱,而无动于衷。最重要的是,她不愿意爱他。

17.

念和将九月旅行的文字写好,通过 E-Mail 发到杂志社。信箱里,有笠原发来的邮件。

收件人:念和。

发件人:笠原。

主题：再过一个月，我会回去

念和，我在希腊，一座遗世独立的小镇上。这里的一切，似乎都与真实无关，无论是清晨、午后亦或夜晚。时间一天一天，拖得绵长。只有凌晨钟声响起的时候，才让人记起，又一天就这样在混沌中过去了。我常在深夜里醒来，醒来又睡去，最后伴着鱼肚白色的天空，走出门去。空气清冽，街上少有人。我慢慢地走，直到失去方向。这里的路，迷宫一样，纵横交错、四通八达。我想这样也好，总有一条路，是通往住处的。向着细巷打开的窗户里，传来人们起床的嘈杂声音。那些窗口，有些簇拥着繁花，有些则晾着花花绿绿、大大小小的衣服。干了，在风里飘。

再过一个月，我会回去。

18.

念和翻看着 Aya Takano 的画册，那是笠原从日本回来时带给她的礼物。画里是一个平坦的胸部毫无遮掩地暴露出来的平胸女子，这在日本极其有名。那些女子与装画的不同，画面丰富内容却很单一。有时候她对这些画的喜爱程度胜过 Nara 画的那些坏脾气的怪小孩。一些好奇、世俗又略带情色的小快乐溢在纸上。这让念和记起她年轻时对性产生的无知冲动。她曾这样描述过自己：

"每一个漆黑无比的夜晚，她都以一种最原始的方式去除身上所有的衣物。闭上眼睛，身体轻柔地与床单摩擦。那些不为人知的情欲在夜深之后以极其嚣张的姿态从每个毛孔里争先恐后地爬出来，她像一只发情的野猫，呼吸嘈杂而急促。身体渐渐蜷缩成一团，以重回母体的姿势。温润的嘴唇吮吸冰凉的手指，旋即，那双潮湿的手擦着干涸的皮肤慢慢游向双腿之间。那个消瘦曲卷的身体渐渐舒张，最后挺直，高亢到达。之后一切颓败，连呼吸都一并停止。"

如今？念和想。与裴的关系拖泥带水维系了四年，在床上度过的时间加起来恐怕还不及一周。时常去了又回，刻意躲避着肌肤的接触。不明白自己为何不能果断地结束这样的关系，或许出于迷恋一些短暂的温暖。可迷恋是一种吞食，生活便也随之成了即兴的过场。于是，开始绝望起来，生生地等待裴离去，等待终结，一等便是四年。笠原曾说，可以绝望，但绝不能放弃抗争。她想，这只有笠原能做得到。而自己，早已像那温和的、伤感的、天真的、甘愿的蓝色，小心翼翼地流于平静。 等下去就好，尽管等待始终是苍凉的坚守。但等到了，就该结束了。她说，这只是个随时都会结束的故事，一分钟或者十年，毫无区别。因随时可能获得，便会像遗忘一样轻易。

念和从不会主动提起的另一个与她有着性关系的人，就是笠原。每次笠原来找她，她们便会拥抱在一起，赤裸的身体发出苍白无力的呻吟。她纯洁地献上最美的姿势，以爱之名。光滑的皮肤掠过，一种要狠狠粉碎的欲望插上决裂的翅膀远走高飞，与世人决绝，深刻却不发出任何声响。即使是一场暗无天日的谋杀，也要在痛并快乐中华丽地死去。

她不再用身体与床单摩擦，而是花大段大段的时间与笠原纠缠着躺在父母亲睡过的那张老木床上。长久地亲吻，做爱。她的目光游离，身体前所未有地舒展，皮肤裸露出淡淡的蓝色，伸出舌尖轻舔一下温润的嘴唇，有蜜桃的味道。她安静地听笠原说着关于她们两个人的事，很少开口说话。笠原离去的时候，她就更加沉默。幸福被遣散，快得来不及收藏就消失不见，毫无痛感。这个世界唯一不朽的就是谎言。她想。她回到自己家里，看着鲜活的肉体迅速干枯并回到最初的状态，如同一块无法开垦的盐碱地，苍白而荒芜。她赤脚站在凌乱到有些令人难堪的房间里，夹带着迫不及待的安静，发出一声小母狮似的低吼。仅此一声，然后沉沦。空洞的生活被时间片段性地占据，散落一地的烟草残骸被轻轻踏过，不留一丝痕迹。

最安全的存在方式便是告别，笠原说。于是她常远离她，但会在她寻不见的地方，邮递一些小礼物或一张明信片给她，告知自己的近况。

还有？还有其他什么人？那便是子衿。她爱着的、与她毫无关系的男子。念和想起他们唯一一次结伴出游的情景。那是一处低矮的红墙，子衿用手支撑住墙头，利索地一跃，便翻了上去。然后转过头，对着她伸出一只手。她并没有理所当然地握住那只手，而是笨拙地在墙壁间寻找可供攀爬的间隙。她想起自己在爬上围墙顶的最后一个瞬间闭上了眼睛，因为知道墙里是一片姹紫嫣红。园丁们筑起红色的墙，用蜂蜜涂抹花蕊，好像这样就能散发出整个世界的甜蜜。

可是，它的姹紫嫣红换不回我的游园惊梦。念和想。

这，便是真相。

19.

一些时候,事情是朝着你想象不到的方向向前迅速发展的。比方子衿与念和的这次约会。

天下着雨,天气寒冷。雨里间或夹杂着一些细碎的雪粒打在人身上,念和并没撑伞。她是性寒的女子,在毒日的夏季可以游刃有余地活动,并不感到十分难捱。冬日却不同。她常用肥重的棉衣包裹住身体,用厚厚的帽子、围巾等保暖物遮挡鼻口,只留一双被寒冷逼迫得有些呆滞的眼睛识路。这样的天气出门真难捱。她一边想着,一边推开咖啡馆的门走进去。一阵温暖扑面过来,念和有些不适,不由地眨了几下眼,睫毛上的雨水滴落在脸上,好似泪。在她低头抖落身上雨水的时候,一个低沉而平缓的声音呼唤着她的名。

念和略带迟疑地说,你第一次比我早到。

他说,邀请别人,总要有些诚意。

她说,如果时间就是诚意,那我剩下的,就仅有诚意了。

你的冷淡总令人尴尬。子衿笑笑,但并不反驳,他时常任由念和的犀利语言在自己的身上找到寄居的地方,而后落地生根,以为这便是对她的特殊恩宠。最近好么?他问道。

嗯……念和停顿了一下说,可能是天气的缘故,左耳不规律的疼痛总是令人有不知所措的抓狂,并不剧烈却时断时续,就是通常说的神经跳。这是身体独立选择的方式,并不受思维的控制,以至于将自己困于人为的桎梏中。所谓隐疾之所在,就如同旅行中远近环绕层叠的青黛山色,或许我们能隐约感到那美的危险性,并深知这些山绝非此行的目的地,甚至它渺小得无法成为暂时歇脚的客栈,但却不会因此而折返回程。那些心下被猛然惊醒的敏感,眼皮在白日忽而跳动的焦躁,泪水在梦中潜然溢出的失控,腿部在夜间抽搐痉挛的痛楚,都在无法启齿的坚忍中渐次模糊,逐渐转化成与身体相通的敏锐预感和对自己无能为力的哀叹。在最后的最后,这些疼痛统统指向将一切吞没的沼泽,那里是疼痛的故乡,只是不知道那下面是否会有一片包容一切的海洋。

你像哲人却更像个诗人。耳朵很疼么,有没有去医院?子衿问。

你知道的,神经痛这种症状,只能等它自己康复,恐怕是无药可救的。念和回答。

可以试试针灸，有时候，中医有神奇的功效。他说。

有时候中医会让我觉得恐慌，我甚至想也许我的耳朵会被就此扎聋。这些都会让我感到明显的衰老，或许我以为，只有老者才偏爱中医。而事实上，我已经老了。念和想，自己很少将这些焦虑暴露在别人面前，只有子衿让她觉得坦然。

这些年一直一个人么？是否想过婚姻？这是相识多年子衿第一次向她提及关于她的事情，他不问，她便没有说的理由。

她诚实地说，我有一个法国男友，靠卖画为生。相恋四年，短暂聚合，长久分离。他跟我提过几次婚姻，我因此以为他是爱我的，或许因为我不够爱他，所以无法成就一段姻缘。说起诗人，我昨日无事倒是读了北岛先生的诗及散文。读到至深处，流了许多泪。忽而又想起杜甫"人生不相见，动如参与商"之句，良久不能言。我们跌跌撞撞在同样的星空下，演绎的，不过是同一出戏的不同场次罢了。而我所能看见的深情款款眉目动人，恐怕也全然不是给我的。既然这样，又何必执拗于一场仪式，到头来却是赔进了自己。对于自己，有时候狼狈地发现，终究是无言编织更多故事，而日后再回头看今日言语，好似寓言。你怎么忽然关心起我的事情，你从来不问这些的。

不可以么？子衿反问。

当然可以，这是你的自由。只是我想你约我来，不会仅是为了关心我的感情生活。

今天约你来，我想告诉你的是，我……要离婚了，而……我……爱你……子衿的声音不大，犹豫里透着坚定。

一阵瓷器撞击的声音，念和打翻了手中的咖啡杯。她长久地盯着子衿，充满陌生。而后缓缓地、平淡地说，我想这并非你的最终决定，或许仅因一时的抑郁而产生的某些臆想。我以为，进退不得的时候，所需要的并不该是一双扶持拉扯的手，而恰恰是那平日里避而不及的落井之石。因为身处被动，因为无可转圜，才逼迫我们狠下心来选择短痛。那痛袭来时，纵使如火山喷发般摧枯拉朽涂炭万物，但只要过去，便会有生命于那肥沃厚重的灰烬之上，更好地长。置之死地而后生的喜悦，也随之而来。倘若如此，我愿做那落井之石。你知道的,热心并不是我的长项。

但你无法否认长久以来,你对我的感情。

是的。念和认真地点头,我从未否认过,即使你透彻的洞悉令我有短暂的无措,但这并不能改变事实。你知道福克纳么?他曾这样说,橱窗里有十几只表,没有一只时间是相同的,每一只都和我那只没有指针的表一样,以为只有自己准,别的都靠不住。你早就看清了一切,太聪明的男子对我而言是危险的……

可谁也无法左右爱情!子衿打断她的话。

这不重要,获得并非感情的唯一归宿。她说,我想我要走了。你是否听过有一种祝福叫做"长安",它的意思并不是长久安稳,而是在经历了长久迁徙跋涉与劳苦困顿后,抵达最终的祥和和安宁。如此才好。

20.

念和打开记事本,写了一段长长的话在上面。

这一天,一直下雨。一个白日,又一晚。雨从我家,一直下到咖啡馆。直到我离开的那一刻,雨停了。黑蓝色的天空里,清楚地望见棉糖似的、白色的云。这次放晴,仅不到半个钟头的时间,却足够我疾步走回家的。

我想我已经尽全力在维持着我们之间尴尬的清醒了,在他说要离婚的时刻。清楚地从自己的口中听到言语中自欺欺人的伪装,带着冷漠而高傲的抗拒,试图用最短的时间将自己从那场交谈中剥离。我没问原因,也不想知道,这似乎与我无关,否则我便不会如此心安。婚姻究竟是什么,我至今未曾真正了解过。只是爱,不应是危难时抓住的救命稻草,更不该以这种背离的方式存在。

夜很深了,屋内也起了寒。在半个世界的人都在沉睡的、这样的夜里,我如此的清醒令我感到前所未有的沮丧。时常幻想一些与他四目相对、彼此依靠的画面,终究如同不断跌进海洋的夏天,于安静中吞噬一切。如今的结果,难道不是我想要的么?而我,却感觉不到一丝快乐。若相爱,很多细节都能感知。而他那一刻面对着我,比以往任何时候都更加陌生。这或许是他思考很久之后的决定。然,思考得久有时候并不代表耐心,当虚假的感情外衣被层层剥落后,裸露出来的可能是一个完美的借口。我如此惨淡地落荒而逃，只是不想看到真相。

我终究是懦弱的。我该勇敢地告诉他，我不会躲藏，但想要亲吻之前请先来检阅伤口。让我看看那皮肉里包裹的，究竟是怎样的伤口，何种的心。无论如何掩饰脆弱、张扬个性，人都还是一样的。习惯在所有悲伤还未来临之前，靠拥抱刹那的欢愉来防御即将到来的疼痛。可含着糖，药便真的不苦了么？其实，那味道，恐怕更难以言说。

对于他，我的渴望总是太过强烈。在我的大双人床上，横七竖八地放着六七只枕头。入睡时，我常常一只枕在头下，几只压在身下，一只抱在怀里，一只在腿上夹着。睡睡醒醒纠结了一夜后，它们中的一些落在地上，一些挤在床角，剩下的，则被我梦中无休止的欲念与渴求生生压死。我们都在想些什么？拥抱之前，是否已经有了爱的意志？假如他的意志是脆弱的，我就那么坚定不移么。

我爱的男子，请不要沉沦。你沉沦了，让我拿什么来袖手旁观？

念和合上记事本，有一行清泪流出。

21.

念和想，或许又该离开北京、出去走走了，自己不能被动地等待，人终究不能把天等荒。只是这天寒得厉害，无论去到哪里，身体都会维持着抗拒的状态。

门急促地被敲响，念和打开门，门外那个女子比以前黑瘦了许多，但更健康些，脸上的笑容有海风的味道。念和在心里深深舒了口气，笠原终于回来了，这无疑是最好不过的事情，至少可以帮助自己在短期内不会想子衿或者裴，以及别的什么人。

笠原一边拢着被风吹乱的短发一边说，念和，你知道么，哪里的机场长得都一个样，无论北京、上海抑或泰国、马来。人们并不喧哗，安静地等待飞上天空，以为那样便成了天使。可我觉得人更像被摆弄的布偶，命并不掌握在自己手中，随时拱手送出也未可知。

念和点点头说，但至少现在可以肯定的一点是，你还活着，而且活得很好。讲讲你的旅行吧，这应该是你每次回来都必须与我喋喋不休的主题。她想笠原是对的，拥有与己一般的洞悉能力，只是更勇敢，更无所忌惮。

笠原说，在泰国，时常被太阳雨轻佻的光线温柔又不可抵挡地触碰皮肤，才于惴惴中想起如此这般的季节已经过了几年。以为旅行是从一个地方走到另一个，不复制、不颓败、不礼让、不奢华，却终究还是走在相同的地方发不同的感叹。清晨起早的时候，在晨雾中惦念起数年前曾书写过的与这些景致有关的只言片语。如今再回忆那时的兴奋，就好比一张陈年的面庞格格不入地生长在年轻的身躯上。天光大亮之后，我走回木料搭建的阁楼上，从一扇向外敞开的木质窗户里探出头去，安静地凝视着慢慢喧哗起来的地面和早已被熄灭的路灯。心里忽然有些难过，于是轻轻地唱起歌来。唱着那样一首歌，唱着繁花，唱着爱情，唱着离别，唱着你，唱着我。声音与潮热的空气完美地结合在一起，倏地消失不见。我便微笑，它们是飘到了很远的地方去了，我还在想，你是否能听到我的歌声。等我从窗外缩回脑袋，发现一个眼睛睁得很大、皮肤黝黑的小男孩看着我。不笑，也不说话。眉毛像他的头发一样，卷曲在一起。"很久以前，也有人唱同样的歌。"他说完便走掉了，只是我听不懂他说的话。后来是他的母亲告诉我，我今天唱了一首他曾经听过的歌，歌词是关于苦难的。我笑笑。其实你看，长久地停留在一个地方与漂泊并无太大差别，总有一天会忆起曾经与之相似的某个画面。无非仅是热带鱼睡去了,森林来了的差别。

念和,这次回来,我不会再走了。起初心里的疯狂和各种古怪荒诞的想法,会如同幽冥般占据梦境,使我无法安心入睡。离开,变成了能够舒缓情绪的、行之有效的方式。如今,我能够躺在床上便安然入眠,不被激起一丝涟漪。于是发现,曾经存在的所有恐慌、所有绝望、所有焦躁、所有不安,以及所有心灰意冷……一切事情到了 30 岁,都会有个了结。于是我想,该回家了。

那么回来以后呢?又能怎样?念和问。

我不知道。笠原认真地注视着她说,在来你家的路上,我走得很慢。望见不远处,有冬日傍晚的寒光。人造的小水池里,已经结了薄薄的一层冰,水在冰下一动不动,像在沉睡。我弯下身去,伸手触摸,那黏人的寒冷里,有些依偎。对于这人造的富丽繁华,本应不知不识,但心里,却惊起一些羞怯的热爱。

我以为,无须那么早地便对生命下一个结论。说不定哪一天,你又会在我还未回过神来的时候,从遥远的地方寄来一张载满风尘的明信片，写一些让我觉得你已经洞悉了一切的酸话。你在别处生活，住在与我不一样的季节里，用最遥远的方式交谈，你说关于人，关于生活，关于用抚摸代替爱情的青涩。念和说。

一只瘦削的、青色血管突出的手伸过来，握住念和的手，以她习惯的方式。我很想你，如果这是我决定不再离开的原因，你会接受么？笠原轻轻吻着念和的脸，用微小但清晰的声音说。

我从未抗拒，只是这不该是你的终点。有你在，我便觉得安全，为此我放弃了性别以及南方。我们相识，是在我父母去世不久后的事，你知道的。原本我打算在结束了那段旅行之后，独自搬回南方老家居住，过恬静的生活。我以为，那之于北京，更适合我。南方的气息，让人想要生存下去。在家乡，冷风吹起凉意的时候，可以转身投向屋内。屋内的灯光柔软，仅凭想象都能够织出温暖的床。而北京，风寒料峭，这对我来说似乎成了一种必然。时间的必然，强迫性适应的必然，以及毫无归属感的必然。父母离开后，你的抚摸让我再度感到温暖。我确信这是美丽的，这种美丽会随时遮住这个世界上其他看似美丽的东西，而那些通通都在说谎。这没什么不好，至少在发现世界空无一人的时候，在剧院角落蜷缩目不转睛地注视着空无一人的舞台的时候，你还在我心里。

可这终究无法成为我们两个人生活的主体，不该也不能。我亦渴望脱离你而独立存在，因此你不必为了我而放弃你的生活。

笠原说，念和，我并没有放弃什么，因为我爱你，因爱而产生的思念时常折磨着我。于是我长时间地想，最终决定留下。当然，在这之前，我还需要处理一些别的事情。

哦，笠原，我以为我们之间无须分得这么清楚，念和说，分得太清楚，便丧失存在的意义了。很多事情的美，贵在不明。或欲走还留或来来往往，或纠结缠绕或独旦独夕，除非到了必须要分个泾渭出来的时刻，大都可以蒙混过关。人的欲望有时候是无止境的，在最终确定了某种位置后，随之而来的便是提出相应的要求，并霸权式地相信，那全部的一切都应归结为"应该"二字。可世间许多事，非"应该"所能概括的。你我是个体，感情更是个体，何不放一条生路和喘息的机会给彼此，待要离去之时，亦可无忧无虑。所谓温柔，是缄默与宽容，沉稳并祈福，不追问怨恨，不哀伤自怜。我想今夜，我若温柔，一定是因为爱你。

念和说完，关上门离去，将笠原独自留在自己家中。

22.

我叫念和,女,29岁,未婚,水瓶座。同时爱着一个男子和一个女子,却做了另一个男子名正言顺的女友长达四年之久,至今都未曾真正分离。念和打开记事本,开始书写。

冬日寒冷,整个城市的温度持续在零度以下,行人都缩着身体走路,脚步紧凑而快速,似乎想尽可能地摆脱这季节。雪后刺眼的白日里,那寒气自脚底向上窜去,直至发梢,是刺骨的。而我却爱恋这平和。这样的季节,就连心事都会一起冬眠。偶尔在清晨时出门买早点,见路边卖煎饼、蛋羹的乡下女人穿着厚重而油腻的棉衣瑟缩又忙碌着。冻得通红的双手在锅面或案板上快速地活动,那十指依旧灵巧,但却有冻裂的创伤。我总想抚一抚那手,以为这样便能抚去那些伤。路边依旧有散发房产广告的青年,四处捡拾空饮料瓶的老人,兜售手套围巾及便携式暖手炉的小贩,以及清洁工、行人和散步的主人与狗。一切照旧,所行之事未见减少。生活,并不因季节的变化而有所不同。

或许我仍保有残存的天真。因直到现在,我都时常变换性情。在被寒冷困住身体的时候,我诅咒这季节。遇到无处躲藏或无法面对的僵局时，便将一切推给这冬天，包括慵懒。这是孩童才拥有的反悔权，而我却至今摆出决绝的姿态扬言，我尚未老去。这样也好，至少无需于困顿中任寂寞蔓延。

关于我的生活，我以为，它始终未能淋漓尽致。呼吸、靠近、沉默、离去，极少纠结，更无须轮回。曾经发生的那些相遇、注视、华丽、妖娆，与未及发生的那些别离、虚幻、放纵、纠缠，似乎都难逃性格的作弄。选择用忍耐代替一切，包括决绝。这并非最佳的生活状态，人，很难无欲无求。而我，为了告别泪水宁可选择逃避。文字习惯性地与性有染，与爱无关。常常自问，我是否太过自私。听闻自私的女子注定漂泊，常为颠沛的命运抗衡，为扰人的枷锁挣扎，无时无刻，无时无刻，直到失去所有气力。

将大量精力用在旅行、自怜、警醒等诸多为了修己安人而付诸于行动的事情上，并想方设法将自己在这个偌大的、物欲横流的城市中，将身体埋葬，仅留两道高傲的眼神，不屈而鄙夷地注视着这可悲又荒芜的世界。巴士、地铁或步行街头，人头攒动最多的地方，便是我寂寞凄凉最深的地方。温暖，时常像海中央孤独耸立的岛屿，被船只一次次错过。唯有那拍打在岸边轰然碎裂的浪花，叙说着存在的价值。

提起爱,我想我是最渴望拥有它的人。很少对人提起亡故的父母,以为那便可以隐藏起我的爱与思念。依旧记得医院里那个月色繁华的夜,我仰望天空,让泪水倒流回身体内。凄冷的夜,我在角落,我在角落。独自生活的戏即将上演,我试图遗弃一切。有人说,那些遗产多到让你足够买一份长长久久的爱以及安定,这便是对外人而言,死亡的全部价值。低眉间,我倾听到了一切。我渴望所有,包括爱。那些顶风而去的奔跑,映日泛起的笑容,凭空荡开的伤感……在那个时刻统统消失而去,只剩安静——被死亡笼罩的安静。于是我忆起,我需要生活,一个人的生活……一个人……一个……人……

有人说,一个在喧嚣繁华时期忽然失踪的人,是很容易被淡忘并最终被遗弃的。离开医院几天以后,我站在新年的夜空下,看着人们被烟花映照的、欢呼雀跃而陌生的笑脸,无悲,亦无喜。不远处的钟敲了12下,见路人相互言说新年快乐。烟花散尽后,各自回家。没有一个人对我说新年快乐,也没有人发现我的存在。我终究成了那个淡出世界的人,以安静萧索的方式轻轻离去。再无须对自己做过多严苛的总结与规划,那些是为了配合别人的。倘若没有了他人,我便可以像一株自生自灭的草,任由风的方向摆动。

回到家中时才发现,背包被掏空。随即笑笑。这世界最灵敏的竟是偷窃者,不会遗忘任何一个还活着的人。谩骂上帝,而后倒在床上。旧的一年随父母的离去而仓促结束,新的一年将迎来我的横眉冷对。呼吸正常,心跳正常,身体健康。可以思考,可以进食,可以仰望天空,可以四处游荡,可以书写,可以——一个人生活。从此,无论黑夜或白日,我都成为一个蜷缩在世界角落里的、真正的军事家。我与自己战斗,并一再索取胜利。远离人群,远离人群。摆脱孤独,摆脱孤独。无须爱,亦无须被爱。勇气,无须借助别人获得,保持心底的安静,不对世界妥协。摒弃倾诉,那仅会让诉者痛,听者累,让一切观感流离失所,让思维与身体抗争,让寂寞与魂灵相对。

在两天之内,他们分别说爱我,并为了爱我,摆出排山倒海要放弃人生的架势。原本都是我心存爱恋与依赖的人,却在一瞬间令我感到害怕。人与人之间的交往,理应被某种不可被打破的平衡维系着,一旦执著付出得过多,索取也随之变得更多。我并不计较给予,然这给予若非出自心底,便会因抗拒和吝啬而变得布满瑕疵。所谓交易,也随即捉襟见肘。若如此,那我们爱上的,除了爱情本身,还有别的什么吗?最终剩下的,就如同天空对雨水的诅咒一般,仅是堕落。

直到今日，我才发现这座城的优点，它大得足以让每一次计划或突发的短暂出行变成好似长途征程般的跋涉。若遇上追逐，只要腾挪躲闪得迅速，便能够消失得无影无踪。此刻，我正在城市东边一家陌生的咖啡馆写下这些。它开在与我家相反的方向上。巴士走走停停，中途短暂停靠的站点，成了我扔掉越来越多负荷的回收站。直到坐在这里，思维才渐渐变得明朗起来。

这一路，由西向东，自起点至终点，巴士的驾驶员始终保持一个状态、一种目的——安全且快捷地接送乘客。我开始浅笑，笑自己一路走来颠沛流离、曲直未明的行为与思想。笠原，陪伴在身边数年的女子。我是否深爱着她，爱到遗弃性别？是否如她所言愿意放弃一切，只待相守？那些日夜的交谈，浅浅的聚合，蠕动的躯体，呢喃的声响，皆因寂寞而生，又因寂寞而长。如今，这像一场自欺欺人的骗局，一旦真相被自己承认，便会毫无抵御能力地死在寂寞手中。该如何对她说，我仅用爱做交换，索取温暖？因此，别说永恒。我们无法携手向前一步，既已冬寒。所以笠原，我们终将分离。

子衿，我爱的男子。在他说爱我之前，我一直活在由自己制造的单恋故事中。我从不认为单恋是种美好，那更像一场与自己的爱恋，在身边划一个圈，圈住自己，跌跌撞撞。独旦独夕，在一季里走过春夏秋冬，无所畏惧。理性很累，感性很累。而我，在叹息。倘若这交集并不意味着一个家庭的离散，便会显得更纯粹些。而今……我们终将分离。

裴，这四年里，你可曾觉悟，爱是平衡。这好比参禅，于万丈红尘、凡夫俗子、山山水水间百转千回，终究一场空落。既如此，又何必执著于心。我早已看透，你我之间，仅是相伴。相伴终有时，离别将是唯一的归宿。世界太拥挤，无须寻寻觅觅地找，长长久久地求。定有人生养你，哺育你，照料你；定有人保护你，祝福你，教化你；定有人怜惜你，欣赏你，拥抱你；定有人爱慕你，追随你，祈盼你。定有人进入你的梦中，驱逐恶魔，摘拾美好，带着亚当夏娃的虔诚，诵最美的诗句。定有人为你铺陈道路，化蝶采蜜，用彩虹建一座曼妙的桥，充实锦绣芳华。定有人对你吐露心声，需索关怀，于喃喃呓语中跌入你怀内。定有人握住你的手，带你走出阴霾，牵住你的心，给你指引方向。定有人紧跟你的脚步，对你日月追随，并因片刻不见，四处寻觅你的踪影。定有人付出一生的情感与你相连，在岁月里凝聚，于灵魂中拥抱。定有人拯救你于狂乱颠痴，赎回你于沉沦深渊。定有人在你的生命凋谢、安静离去后，亲手将你掩埋。

那个人,不是我,便是别人。

23.

念和回到家里,望着空落的房间,心里的纠结倏地放松了下来。笠原已经离去,桌上放着一只漂亮的信封,是以梵高的画做纹路的正方形。信封上孩子似的歪歪扭扭的字体,写着念和家的地址和她的名字。念和想这不是笠原的字,随即打开了它。

念和,很抱歉我的不辞而别。我已经到了巴黎,还未回到我出生的小城。打算在朋友家多逗留一些时日,重新熟悉一下这里的空气。我离开法国太久了,原本以为可以带你一起来,却终究还是一个人回到了这里。你现在在哪里?在碟店、书店、家里,抑或咖啡馆读着我的信?最初想发一封 E-mail 告诉你我已离开,但我想或许你更愿意收到一封有温度的信件。

五个月以前,在中国,我遇到了最初的爱人,我们共赴了一场哭泣的盛宴。五个月以后,我又看到了她,在巴黎的街头。她远远地望见我,开始奔跑,紧紧抱住我,眼泪就流下来,仿佛那场盛宴从未结束。这是个奇迹,我想。那天,我们再次牵起手,重新走曾经走过的地方。这个世界最奇妙的感觉就在于此,同样的人,同样的地方,不同的心情。于是我们决定结婚,就在下月。你会祝福我的,对么。

该如何形容你呢?你是我所交往过的女子中最与众不同且绝无仅有的。你敏感、精细、卑微、散漫,又独立、善良、安静、包容,你拥有这世上一切优点和一切缺点,你的接受和拒绝拥有同样不可抵挡的气势。我常想,为什么会有那么多种不同与对立同时出现在你身上,却彼此融合得恰到好处。在你的心里仿佛存在着两个截然不同的世界,一个在胶片上,一个在房间里。胶片上的那个世界,宽广、无忧、包容,有洞悉一切的安宁,房间里的那个世界,凌乱、疑惑、不安,有排斥一切的惶恐。你歌唱的时候,两个世界同时在倾听。透明像一种秘密,不可言说。你是否知道,一路拍摄,用镜头过滤旅途中的不纯粹,这其实才是胶片真正的秘密。

你不愿意让他人在你的房间流连过久,于是我一遍一遍期待你能出现在我的家中。那些房间里的物,都是换过了的,按照你喜欢的方式。唯一没有换掉的,仅是因怕麻烦而保留下来的窗帘。你从未对那不停翻新的房间提出过好奇或赞许,我便以为你从未察觉。

与你相识虽有四年,但彼此相伴在一起的时间,却非常短暂。大多数时间,你都在旅行中,就算回来,也长久地把自己关在家里,极少出门。关于你的旅行,我们之间很少聊起这个话题。我以为,两个人之间,交谈得太多,重复太多,便会变得与旨意无关。事实上,我从不觉得旅行会对头脑的清醒有何太大的帮助,每次旅行,都好像一次沉睡。因惧怕面对,于是用出走做逃避,所谓行走的意义,只不过是自欺欺人又华美动人的童话式的骗局罢了。这如同梦境,做梦的人明明是混沌的,却定要强调自己的清醒,眼睛明明是紧紧地合起的,却坚持说自己看透了一切。或许你会说,"看"并不一定非要用眼睛,更多需要的是心,可沉醉在梦境中,心却真的还清醒吗?旅途的结束,便意味着谜底的揭穿,你真的以为那个时候你就明白了一切吗。

念和,我从未亲口对你说出,我有多爱你,我也并不奢望有一天你会对我说,你爱我。因为我发现,很多时候你害怕时间,我想你对于时间的畏惧或许是源于对爱情的畏惧。你深爱着与自己相遇,并深陷在你对自己和对方纯真而美好的幻想中无法自拔。这样的你,是会忽略掉身边很多的爱的。我住的房子下个月到期,

素日 女子 初花

我已经跟房东约定好,下月他会过来收回房间。在此之前,你仍旧可以去那里待着,钥匙随信一起寄来了。只是,再去的时候,就只剩你一个人了。去看看,那些保留下来的物事,是否有你喜欢过的痕迹。

记忆里,除了那个叫笠原的女子,你从未对我提起过他人。我便知道,她早已深植你心。而你们之间的关系,是因为彼此漫长而无期的寂寞才连接在一起的吧。请原谅我这样说,或许这亵渎了你们最珍贵的感情。然而,在你的心里,确定有一种纯粹一直存在着吗?那个时候,我时常感到恐惧,惧怕你因一时的不明而对她产生所谓的爱情。倘若你是真心爱上一个女子,这对我而言并无不可接受之处。要知道,在法国,同性恋之间的感情是微妙而受到人格上的尊重的。但若是为了寂寞呢?此刻,我已离去,再不会出现在你的生命里。这样也好,或许你便有机会认真思考关于你与那个叫笠原的女子之间的事情。

想想还有什么是我未曾告诉过你的。这四年里,你不在我身边的那些日子,我与五个以上的女子做爱。我深陷她们的身体,呼唤的却是你的名。那些女子留在我脑中的印象都不太深刻,我或多或少忘记了一些音容。我很抱歉,在你不在的大部分时间里,选择这种排遣寂寞的方式。或许原本你就清楚，只是不肯说破罢了。但我又不能对你说出，我在等你。我们之间，还没来得及发生的，已经发生或再也不可能发生的一切，成了我生命之最重。之所以重，因为它们没有未来。

此刻，我把头探出窗外，我想这样做是因为想看见你，虽然这是可笑而愚蠢的。对我而言，我们之间，再不是一座城里隔了几条街的距离。对你而言，无论北京还是巴黎，都一样遥不可及。对于我的离去，你会否感到片刻的伤感？如果伤口很小，就索性撒上一些情绪，断断续续地遗忘。倘若伤口很大，可以连同我的感情一起缝合。留下一条伤疤，代表曾经拥有的回忆。

就写这些吧。这是我来中国那么多年，书写中文最长的一次。请原谅其中的错误。你要幸福。

让我爱你，跪着舔你的伤口。

你的裴 2月 自巴黎

24.

念和用裴寄来的钥匙打开了那扇四年间她曾断断续续敲响的门，有些昏暗，一些潮湿的霉味扑面而来。她打开灯，看着空荡荡的房间发呆。房间与裴走之前并没有相差太多，除了那些画，裴将大部分物事都留了下来，并未带走。她开始细致地看每一个房间，寻找那些裴说过的、被自己忽略的细节。

起居室内的茶几上，铺着蓝底白花的棉麻布料桌布。几个小巧的青瓷茶杯不规律地摆放在上面。一袋念和习惯浸泡的绿茶置于旁。念和曾对裴说过，为了遮挡灰尘，沙发上是定要铺上一层布料的。那是有细碎花纹的纯棉白布，干净而带着繁冗的忧伤。两只藏青及暗绿色相间的扎染手工抱枕歪在沙发两端，念和用力拍打了一下，一层浅薄的灰尘飞舞起来。随即笑笑，抱在怀里感受一丝柔软。不远处的原木色影碟架上，或立起或平放着一些DVD，她走过去细看，都是自己喜爱的岩井俊二、金基德、拉斯·冯·提尔、库斯图里卡、侯麦、罗伯·格里耶、安迪·沃霍尔、阿巴斯、贾木许等众多导演的电影集。那些DVD里，间或夹杂着几张唱片，也均是念和常听的歌。张楚、雷光夏、张悬、LUBE、ANDY TUBMAN以及一些单独刻制的合辑。不经意间，耳边撕裂着哗啦啦的声音,那些碟片被念和失手掉在地上。声音扯破空气,潮冷的温度和疼痛迅速遍布全身,并立即成为这座城、这间房、这个人凸出的神经,带着一触即发的溃败,突突地跳。

念和向卧室走去。衣柜已经空了,那些念和在做爱后、随意穿起的裴的宽大的T恤,也一并没了踪影。只有一双她遗忘在裴家的手套,安静地躺在里面,等待着与主人的团聚。念和拿起它,带在手上,残留着裴掌心的温度。床头柜上,那张自己刚洗完澡、蓬乱着头发、迷离着眼神的照片,仍然摆在原来的位置。念和从镜框中取出照片,放入棉衣宽大的口袋中。

书房内,一副巨大的画没有被裴带走,画里的那个女子就是念和,那是裴为她画的第一张画。念和读着旁边的字条:如果你有机会看到它,请把它带走,它是属于你的,从头至尾。

再不必找寻更多的痕迹了。念和想。很多事情都匆匆忙忙地来,在还未完成其使命的时候便倏地消失不见,带着令人措手不及的锋芒。但这似乎也来得恰到好处,适时地唤醒了我一直沉睡着的意识。现在才知,认识裴的时候,弱点早已经暴露无余,他看见了,却什么都不说。他甚至比自己更了解那个叫念和的女子,却比她更懂得沉默的意义。四年的时间，徒劳的交流。以为沉默便能掩盖一切，事实上，除了未被揭穿的荒谬与自欺，其他的均如白纸黑字般清晰可见。

电话铃响起，打断了念和的思考。喂？她有些无力地接通了电话。

念和，是我，笠原！你在哪儿，我在你家门口。笠原的声音焦急而期盼，还有因寒冷而释放出的颤抖。

我在外面，你等一会儿，我马上回去。念和挂断电话。

生活要求季节，季节要求一切在它叙述的方向上破土而出。念和锁上门，这个房间将不会再与自己有任何关系。那副画，就让它永远留在这里好了。画里那女子的脸，是念和的脸，而心，却不知道是谁的。它是我，又不是我，念和想，它已经失去了与我的唯一联系。

25.

念和打开门，将笠原让进屋里。坐下，长长久久地不说话。灯光下漂浮着一些烦躁的光点和灰尘,似乎预示着一些预期外的失控即将上演。

躲藏终究是软弱而无能为力的。念和想。于是她抬起头问道,出什么事了么?你电话里的声音急切而仓惶。

嗯……是的……不过,倒也没什么大事,我与丈夫协议离婚了,就在今天。这是件消耗体力的事情,我有点累,于是想到你,让我休息一下。笠原说话的时候并不看她。

离婚?!你从未说起过婚姻,也不提家庭,我以为你始终是一个人。而我,在别人不肯讲述的时候,从不主动询问。念和说。

是的。我有一段婚姻,维持了近六年。起初我与他之间,都是因为坚信人与人之间的关系,即使再亲密也无法完全融合,并认为存在与离别并不是那么重要的事情而一拍即和,结了婚。后来,我始终不断地行走又回来,与他聚少离多。每次回来,他都不过问。像日日相处在一起的夫妻一般,相互交谈,关照彼此的喜好。肤浅地沟通,时常绕路远行。而后,再投入到各自与对方毫不相干的生活中去。连做爱,都省略了。这好像一个问答题,有人提问,有人回答。问题和答案,相距千里,我与他,也相距千里。于不同的城市,过彼此毫不相干的生活,一个始终如一,一个颠沛流离。然我们如齿轮,他的平坦填补了我的凹陷。于是我们回避着谬误,各自颤抖地站在平衡点的两端,亦步亦趋。

既然这样也好,又何必打破这种平衡?念和说。

这次我回家以后,他与我长长地交谈,我们从未说过那么许多话。他提起离婚,没有说原因,我也没问。有些事情是不需要知道答案,人最负担不起的便是真实。我想这样也好,我便可以再不用离去地留在你身边。笠原笑笑,带着些许疲惫但无伤感,似乎这六年可以被毫无保留地抹去而感受不到片刻惋惜。

念和低下头,瞬间失去全部说话的力量。这一切,似乎注定是错了位的。起初她们无话不说,现在她们无话可说。我们,笠原,我是说你和我……到现在我才知道……这些年,我们唯一在做的一件事便是相识。我们说生活,说旅行,说感受,说经历,说爱恋。到头来说的都是别人的事,又或者是头脑中希翼的幻觉,并未真正发生过。而真实,什么才是真实?真实是脱离你我之间独立存在的、从未被提及过的那些事,比如爱恋,又如婚姻。你并未欺骗过我，笠原。而我，也从未隐瞒过你。只是……或许你已经明白，连住我们的，仅是寂寞。为了身体的温度，为了心跳的节奏，为了呼吸，为了律动的生活，我们不知疲倦地言说与寂寞有关的一切，包括爱。我们以为深爱着对方。而如今，看看吧，看看你我之间的可悲。当我们所谓的爱人赤裸在自己面前的时候，才绝望地发现，自己并不认识这个人。我之于你的陌生与你之于我的距离，一样遥不可及。

念和，我以为这不重要。我可以告诉你，你想知道的一切。在你面前，我毫无保留，只是我以为，这些我并不在意的事情，更不会引起你的注意。于是人为地消除了它存在在我们之间的可能性。笠原说。

是的，我相信你所说的一切，一如从前。只是，你又何尝不是对我一无所知呢？如果你愿意听，我现在便告诉你。你所知道的全部仅是，我是父母双亡的孤儿，爱旅行，爱摄影，爱自己，消极生活。而这些却远远不是我的全部。我有一个相恋四年的法国男友，以画画为职业。而就在昨天，我收到他的来信。他已经回到了法国，因为这四年间我拒绝了他的求婚，或者索性说我拒绝继续发展我们之间的感情。我以为他并不了解我，而我也无须将自己像解剖般分析得如此清晰。话，总是多说无益的。直到昨天，我才清楚地知道，他洞悉一切，仅是深深地埋在比我更深的沉默里。然而他离开了，下个月将会在法国结婚。而这些对我的故事来说，还远没有结束。

我爱着另外一个男子。彼此从未触碰，仅是简单交谈。三天前，你说你要为了我而留下的再前一天，他对我说爱我，并愿意为此放弃他的家庭。他的妻子，笠原，我隐约觉得很像你。一年大半时间都在外面，虽然我并不知道她是因工作还是别的什么原因长久地不回家。然而，我又想，你是特别的，这世上再无女子能如你般精致。我在他还没有说完话的时候，便逃离了我们交谈的咖啡馆。寒冷令我异常清醒，我意识到这将是我与他之间的最后一次见面。你知道的，我并不善于处理这样的感情。如果这份爱是建立在牺牲一个完整的家庭的基础上的，无论他还是你，笠原，于我而言这份感情都将变得漏洞百出、千疮百孔。我们要幸福，我们追逐，我们索取，我们孤注一掷。可我们不应伤害，伤害别人也伤害自己……

而你，笠原，就是你，你是这个世界上我从未言说过的秘密。因为你，我时常觉得自己活忘了很多事情，比如性别这种从出生至死亡都被标注了明确标识的东西，我都在面对你的时候习惯性遗忘。因为我爱你，让我在混沌中分不清自己究竟是男是女。这不重要，可我想知道，我的爱恋，究竟会对男子还是女子产生化学作用。可因为你，笠原，这成了我活着最大的谜题……

敲门声是在念和思索着如何将后面的话说下去的时候响起的。这个时候，不知道谁会来。念和一边说着，一边从沙发上站起来去开门。无论是谁，她都感激这个叨扰。

念和……子衿站在门外。

是你……你怎么这个时候来了？请进吧，不过我有朋友在这里。念和有些犹豫地将子衿让入屋里，背对着屋内缓缓地关上门——好一台男女同唱的好戏。

笠原？！

子衿！！

你怎么会在这里？！念和听到屋内男女齐声的对话。那语速、语调，拥有夫妻间才有的恰当节奏。她迅速回过头，注视着屋内的一切。在短短的僵持后，两人同时看向念和。

念和冷在那里。

26.

27.

厚实的窗帘透进一丝微弱的光。天亮了，念和想。她缓慢地穿上衣服，关掉唱机里翻转了一整夜的张悬的声音，走出门去。寒冷自脚心向上窜。无风、干燥清冽的冷是北方冬季最常见的天气，让人身体僵硬、动作僵硬，就连匆忙赶路的女子凝重的妆都冻在脸上，失去生动，好似蜡人。街边，手生了冻疮的乡下女子依旧裹着油腻而厚重的棉袄熟练地翻着煎饼，嘴里呼出一些冷气。念和停下脚步，排在队伍最后面，打算为自己买一些食物。昨晚笠原与子衿离去后，她便陷入了绵长的思索，没吃一点食物，偶尔喝水。她不断思索着时间存在的意义，难道仅是为了让故事周而复始毫无意义地轮回么？

念和看着排在自己前面的人，一个个手捧着热腾腾的煎饼满意地离去。轮到她的时候，她微微一笑，将2块5毛钱放进一只有些脏的白色塑料桶内。桶里零零散散装了很多零钱，为了保持表面上的干净，客人总是自己将钱放进去，若需要找钱，也会自己从桶内拿出。摊煎饼的妇人则一直低着头，熟练地摊开面糊、打上鸡蛋、涂抹各类面酱和诸如芝麻、葱花、香菜之类的辅助调味品，再放上一层薄脆，将煎饼折成几折，用袋子装好，递给客人。这些动作几乎是一气呵成的，很少抬头看一看，客人究竟从那只白色的桶里拿走了多少钱。念和想着这种信任与朴实的同时，那妇人已经将做好的煎饼递到她面前。她接过来，咬了一口，一股热气卡在嗓子里。念和缓缓地朝家中走去，这个时候她需要一些水使喉咙滋润起来。

念和大口大口吞咽了一些冷水，寒气自心肺荡开去，由内向外溢出迷人的冷静。房间里，终究安静了下来。念和轻轻地说，最安静的时间并非夜晚，而是挣扎了一夜后、万念俱成灰的白日。刚刚过去的一夜，她经历了一场战争，过往的点滴如走马灯般在眼前巡回。她再次回忆起在短暂的几天内失去的、唯一与她有着密切联系、构成她人际关系全部内容的三个人。那些交谈、礼物、卡片、文字，那些喜怒、拥吻、挂念、安眠，如今看来像个最优秀的作家，书写着温柔与炙热，却永远在你无法预知的地方，掩埋下罪恶的种子，任凭它生根发芽，捣碎一切。念和想，所有发生的一切，错都在自己，是自己太过信任目光所触及的全部，从不愿抽丝剥茧地探究关于事情的真相。曾以为很多错位从某种程度上来说，只是误会一场，又何必深入浅出表达愤怒。而误会又有什么不好？它给人足够多的机会来确定自己的感情。如今看来，这误会一旦被无限制扩大，便会像一个黑洞般将人吞噬，产生强烈的孤独感。原本，每个人就是以孤立的方式存在的，即使在热闹繁华的街头，人们也都面带笑容而内心锁紧。无人能够替代他人感受生老病死、旦夕祸福，无人能够真正洞悉他人的世界并给予精神上的扶持，无人能够爱他人永远多过爱自己。这没什么不对。但倘若这孤独是被信任抛弃后以孑然的状态刺痛而出的，又当怎样承受呢？女子，所能承担的，太过微小，仅自己的喜怒哀乐，便要耗去全部精力。

信任，信任又是什么？信任是即使脸上涂抹浓重的妆，也仍旧掩饰不了眼神的天真涣散。信任是当明白希望并非都长得仪表堂堂时，却为时已晚。信任是手里握着打开门的钥匙，而主人只喜欢在生命的房间里，开一扇窗。信任是日子有来有往，而我们却在迂回感伤错误。信任是我是我，你是你，相识数年，彼此陌生。

从前她一直以为，这世界太大。大到即使手牵手，彼此之间的距离仍旧相隔千里。那一切平静安和朝夕相处都是自欺欺人的啊。拥抱，从来都是遗弃了音容和注视的盲目行为。尽收眼底的，是空洞的后脑；以信任做赌注的，是与清贫后脑反方向的喜怒哀乐。如今才知，这世界其实太小。即使相识在天涯海角，原本绝无可能有瓜葛的两个人，却终究有着密不可分的联系。

回想起每次出行，只要车上有空位，她都会选择坐在公交车的最后一排。因为颠簸，那里是客人最不愿意坐的位置，所以人往往最少。她安静地坐下，隔着有些肮脏的玻璃看向窗外。这许多年，依旧穿着学生时穿的简单连衣裙、球鞋，背大到能够装下很多书本的大包，在这个荒芜的城市里奔走。可即便是奔走，也仍旧无法赶上这世界。人和世界的关系本来就是这样，很难找到同步的机会。地球的转动仅是为了自己，从不连人带物一起。只是人为了生存，死死地扒住这个球体，死死地，不放手，不放弃，就连灵魂，都一并妥协。于是，跟跄上路。丢了希望，忘了信任，舍了理想，弃了坚定，待有朝一日被现实击中，"咣"地应声倒下，遗忘了路途上的一切。于是才知,相识多年却仍若路人的朋友之间,相隔并不那么遥远,仅隔了一个路途。

28.

念和像往常一样打开邮箱,收发邮件。除了正常的约稿邮件外,另有三封是分别来自笠原、裴与子衿的邮件。念和一一打开。

收件人:念和。

发件人:笠原。

主题:你说对了,相识,是这许多年我们一直在做的唯一一件事。

没有巴士上山了。司机说,冬日里山上危险,他们是不会拿旅者的性命来赚钱的。那样的钱揣在怀里,心不安。于是我找到当地的村民,几次央求,他们终于同意用家用的小拖拉机把我送到山脚,并说三天后的黄昏,来接我下山。

独自攀爬。整座山都被积雪覆盖着,大片大片的,幻觉一样。时而有温和的风拂面,干净透彻。现在我在山上,我们初识的那座山,你还记得么。这里没有任何讯号,是发不出信件的,但我想跟你说话,于是书写。冬日封山,我只能坐在距离地面并不遥远的地方看着四周耀眼的雪,一直坐着。夜晚睡眠很浅,到天亮还平躺在睡袋中或将手臂放置在头底做枕,不仅因为这山里的夜凛洌得彻骨,还因为我把思考拖到冗长。直到今天我才知道,你说对了,你我之间的这许多年,一直在做的唯一一件事便是,认识对方。如同最初单纯的问候一般,我们将这个过程持续得太过绵延。

离开你家后,我辗转去了一个朋友家留宿。她与父母亲同住,全家人待我热情而亲近。那几天,我日日与一家人坐在餐桌前吃一日三餐,彼此用不大但开朗的声音聊天,是细碎又温和的家庭琐事。我甚至以为自己已经忘记了过去几年里与你相处的一切。唇齿呼吸之间,都似乎回到了儿时与父母同住的时光,清淡甜美,偶尔争吵又彼此忍让。我未曾对你提起过我的父母,他们住在海南,是相濡以沫的两个人,至今仍旧牵手出门,相识而笑。每每我回到家里,母亲总是烘烤各式饼干并用精致的袋子装好,让我带走。我喜爱那些甜淡适中、形状各异的饼干,甚至离开家后总是舍不得吃下。

谢别朋友，我便来了这里，这座山上。如今我愿意坦然地回忆我的旅程了。失火的森林，泥石流，萤火虫，带着倦容的明信片，某个宁静的夜晚，牵着我手的孩子唱出的童谣，取代了最好相机的记忆力，相隔万里的时候，彼此不温不火的音讯……那时候，自知惦念，便千里迢迢赶回你在的城市与你相见，匆忙赶路的空隙，只要想到归处，便会不禁微笑起来。

我是否对你说过，我喜爱冬季并非因为我的出生与这个季节有关，而是我看不得"花事依然盛，人去不回头"的淡漠。只有冬季才长久地清净，人离。你应感觉得到，人一旦孤独得太久，便会变得自由起来。自由好像一种弧度，弯起来，圈住其他一切微小又好看的弧度。嘴角上扬的弧度，背脊线条的弧度，不语低颦的弧度，发丝曲卷的弧度。所有记忆与被记忆、遗忘与被遗忘、珍视与被珍视的，混合在一起形成某种气息的弧度，时空的弧度。而我们，只能在时间这条河流所形成的迂回曲折的弧度中，涉水而行。那水流被触碰，荡漾着一道道小且细微的涟漪。弯身弓背将手指浸入水中，淹没手指的微微的凉，在宁静中变得喧嚣而华丽。这样的行进，你想停，都停不住。

原本以为"执著"这个词与我这种随处飘零的人之间毫无任何瓜

葛。却发现，其实越是独立和孤单的人才越执著。这一点上，你我都是一样的。行走是执著，孤立是执著，安静是执著，隐忍是执著。这一切耐人寻味的行动，倘若失去心智的警醒与克制，都将会变成草草收场的闹剧。仅是源于我们执著的相信，修己方可安人，才缔造出这些毫无情趣可言的修行故事。然而，有些执著就像蒸发完水分的纸张一般脆弱，即便得到最好的保存与珍视，也依旧会在渐渐潮湿的时光中发黄、曲卷，最后变成霉黑色，彼此粘住，连同它所记载的一切，一并腐朽下去。

告诉我这是场意外，关于你、我和子衿。我们作为彼此绝无仅有的朋友，这一切来得都太过突然。这刻我希望自己被腐蚀掉的，是我全部力所不能及的欲望和无穷尽的诉说，以及它们带来的关于对爱恋错综复杂的理解与错觉。你看我们多么虚伪，永远不坦白，永远不肯言说心中的珍惜，永远在无人听到的地方放声歌唱，永远说着与己无关的真理，永远克制自知是羞耻的虚荣与扬扬自得，永远只说永远不说分手。

三天以后，重新回到最初站立的地方，质朴的村民与他那架红色的小拖拉机已经等在那里了。见到我走来，重重地叹口气又笑着说，这三天，真替你担心。这样的天气在山里一待就是三日的女娃，你还是我见到的头一个。回来就好，回来就好，没有什么过不了的。我笑笑，跳上那架显得威风八面的拖拉机，在颤颤巍巍又轰轰隆隆的气势中，一路冲下山去。

姑娘啊，村民背对着我边开拖拉机边说，你很勇敢，我喜欢勇敢的人。我们村里也有像你这样的人，不过大都是壮汉。他们冬天会爬上很高的山峰，在覆盖满积雪的山谷里用尽力气唱歌子，那声音大到在山里的每一个人都能听到回声。唱歌的人一路走一路唱一路听，就是不肯停下来，把那些声音统统地都甩在了后面。我上了些年纪，爬不动山了，可是歌子还是听得的。你知道在我们这种山里，啥样的歌子最好听不？就是从歌里能传出一股"罡楞楞"的劲儿的那种！那样的歌子啊，让人听了心里热哄哄的。舒坦啊，带劲儿啊！

我懂他所说的一切。他是想告诉我，发自心里的坚定的歌声是这世界上最独一无二的。它会让听众获得足够的存在感，而这种感觉并非外力所能给予，是要自己给自己的。这何尝不是我希望的终局。而坚定地歌唱，始终是我最喜欢的隐喻，最需要的态度。与他挥手告别的时候，天色已黑，抬头望去，有明亮的星星。

离开那座山，我一路向南，到了云南。在束河小镇上租了一间不大的屋子住下。我打算在这里久居了，你会来找我么？从前我就在想，等我走累了，就会定居在云南。将日子一天天细细碎碎地过，直到老去。却终究没想到这么快就成了现实。近来白日常常落雨，傍晚才放晴。推开门便能闻到潮湿的石板泛着青稞酒的味道，也许是我醉了。你呢？

我想之前发生的一切定会是场意外。意外的意思就是，即使难以接受，也终将会回到原来的轨道上去。我会回去。你呢？

你曾说我们每日所做的，不过是在亡羊补牢罢了——挽回可救的，担心无法求证的，终结万劫不复的。你还曾轻细地说，嘘……笠原，要安静，要无情，因为这才是世界上最大的情谊。我做不到。你呢？

这封信自山上到山下，长长久久写了数日。假如我永远不会将它寄出，让它连同我消磨在思考、旅行、回忆上的时光一起，陷入缄默哀伤又孤独的僵局，让自己于冷静清醒中保持与你的距离，我会更加痛苦。你呢？

我们应该并肩在尼罗河畔散步，去法国边上的小镇看日出日落，跪拜于印度的佛教圣地,去看北极光,去找寻科萨河的河水。然而此刻你我却正在空间的两端,各自低头沉默。在不断坚定着我对你的感情中,我清楚地知道,要先确定我们必须放弃些什么,才能得到自由的生活。你呢?

29.

收件人:笠原。

发件人:念和。

回复:你说对了,相识,是这许多年我们一直在做的唯一一件事。

你看,我说对了,我们终将分离。

30.

收件人:念和。

发件人:裴。

主题：你收到我寄给你的信了么？

念和，你好。前些日寄去一封信，不知道你是否已经收到。你还好么。有没有去我曾经住过的地方看一看。那里有一张画是送给你的——我最初为你画的那张。还是你究竟有多久没有打开过那扇门？又或者你把钥匙放入插孔转动几圈，手握住门把，打开又掩合，终究没有推开门进去，心里却已经升腾起自欺的满足。你始终都是自己的牢笼，以无从抵挡的速度和无法抗拒的姿态将自己吞噬。到最后，只剩尸骨。那些尸骨，你以为是胜利的标志，却早被他人当作遗体埋在最深处。我为你哀鸣。

我仍在巴黎，现在是夜晚，我已经在这里停留了一些日子了。在此之前的有一天，忽然觉得不想离去。于是在巴黎市郊、离城区不远的位置，租了一个有些老旧的房子住了下来。房东太太住在我楼下，人很好，一个人无儿无女亦无丈夫。我喜欢这里。每一个房间都被精致地漆上不同的颜色，我甚至还在浴室的墙角边找到了一把干硬的彩色刷子。窗户是白色木质的，向外推开便能看到漆黑的天空和闪亮的星。倘若将房间内的灯全部关上，来往车辆橙色的灯光便会反射在天花板上，忽明忽暗。房间里一些古旧的家具是房东太太的，我没有要求她必须搬走，她便带着感激地将它们一一擦拭干净,并将个中事物都摆放整齐。我很喜欢那只深棕色的老式书柜。里面秩序井然地码放了很多黄牛皮封面的古书。我小心地取出来翻看,枯黄的书页边角有很多蓝色墨水留下的批注。房东太太笑着跟我说,那些书都是她丈夫留下的。她的丈夫是一位诗人,平日里阅读很多,喜欢在书上写写画画。直到有一天,他忽然跟一个陌生的女子离去,便再也没有回来。我看到房东太太抚摸着那些泛黄的书的时候,脸上带着若隐若现的、新鲜且殷红的疤痕。她忽然转向我说,所有的生活都是一样的,充满了声音、光照和温度,只是那些颜色,有时候明烈得叫人疲累。

那你为何还将房间漆成这般绚烂?我问。

我十五岁的时候,喜欢穿黑色或白色的衣服。就连拍照,都喜欢在黑白的相纸上留下消瘦且凌厉的脸孔。觉得那种单一的颜色,看上去真酷!那会儿,我常坐在家门口的台阶上,看肤色暗淡的中年妇女手中拎着各种家务用品从眼前经过。她们像我的母亲一样,习惯性走得很快,并用力将五官皱在一起,以此来表示长久以来她们对生活的不满和抗议。我曾认真观察过我母亲,在她那张已经有了些赘肉的脸上,囤积了诸多代表着不悦的纹路。后来我随父母一起搬家到老巷子的角落里居住。我曾以为那里是耶稣都不愿意眷顾的地方，否则为什么会有那么多像我母亲一样的妇女聚在一起抱怨挑剔着邻里。有时候，她们会变得像小孩子一样软弱、爱哭泣且看重甜食。我站在一旁看着，却无论如何都无法知道她们究竟经历了什么。

尚还年轻之时，你知道的。她停顿了一下接着说，我们都会花大部分固定的时间在睡眠上，并将漆黑潮湿冰凉的梦寄托在其中。梦里有蹲在楼梯口吸烟的孩子；有偷偷躲在墙根下亲吻以及胡乱摸索甚至更过火一些的恋人；有操着纯正的南方口音，相貌清秀眼神透彻的英俊小伙子；还有整日整夜为爱情而哭泣的姑娘。这些都像是个巨大的滑稽戏舞台上的一出戏，又像《人间喜剧》里的生活百态，包罗万象，只是没有真实。

再长大一些，我变得不怎么爱出门，并开始对于看到街上人们的脸庞感到焦躁而不耐烦。实在到了非要出远门不可的时候，我便独自在火车站候车大厅，冷漠地看着容颜破碎的老者和精致冷漠的青年。"岁月"这东西，从来都不会吝啬留下自己的痕迹，而对于彻底地磨灭并摧毁人的性情这种事，也从不会心慈手软。直到我渐渐走过我母亲当时的那个年纪，甚至更老。我才明白，人老了便无法忍受孤独，喧哗总是比无声更让人觉得踏实。她说。

于是我想到了你,念和。你正在将各种喧哗拼命抛出生活之外远远的,这样看来,你还那么年轻。

你过得还好么,是不是又在黄昏里沉睡不醒。你是个不折不扣的黄昏女子,习惯用沉睡的方式将黄昏错过,并在这里将梦遗弃。你曾经说过,黄昏是白日与夜晚的分界线,人应该如同身处薄暮的清晨一般,在意识朦胧、思维模糊的睡眠中度过。眼睁睁地看着白日交替成黑夜,无能为力地徒留一丝清醒是残忍的。念和,你的理智总是让人感到害怕。这好比我们心中的意愿,祈祷希望或者承认绝望,毫厘之差罢了,为何一定要泾渭分明才好?如此分崩离析,痛苦的只有自己罢了。很多事情原本就没有尽头,因为这过程本身便是尽头。因此,我更愿意选择始终保持缄默,用宽容而优美的暧昧,保持某种平衡不被轻易打破。

然而,你又是软弱的。想起从前的许多时候,我们对彼此的了解都太过肤浅与稀薄。庆幸的是,对于这种缺失,你从来都不太在意(是否我可以理解成,你从未爱过、在意过我)。偶尔坦诚起来,诉说一些事,说出口的话却依旧与内心的猜测相背离。于是,你的言语变得越来越少。长久以后,我看懂了你,看得那么透彻,从你的只言片语中。你是如此脆弱的人啊,好像天生便缺乏柔韧的力量。当地上的落叶腐烂并终究化为泥土,你嗅到了草木萌发的气息时;当一场闹剧结束,有人闷闷不乐,有人喃喃自语,有人捧腹大笑,有人在闷热而潮湿的房间里一支接一支抽烟,寂寞的火光在枯燥中被点燃、蔓延时;当内心所有软弱缺失的罅隙在一瞬间暴露在自己面前时;当一个虚假的微笑定格在意味深长的嘴角时;当暗黑的走廊里有人来回踱步时,你的神情就会变得异常惆怅。你开始期许一次旅行——带着安静、隐忍与负重的旅行。可这旅行,仅是谎言,是逃避,是帮助自己暂时性躲过悲伤的借口和方式。你以为,述说只会带来的倦怠。独居、寡言、自足、行走,才是最稳妥的方式。

我有没有告诉过你,你可以相信很多事情,除了你自己。任何时候,自我暗示都是件可怕的事。你给了自己太多的暗示和机会。所有的期许和等待,都应在不被刻意关注的情况下发生才最真实而且有趣。倘若由于太过期待而人为制造出种种假象,以满足自身的需要。那么发生的一切,便不过是一场自欺欺人的游戏。文字是片面,身体是幻觉。或许可以假装尖锐刻薄或深情温和,然而泪水、沉默、排斥,都不会是途径。在独自度过的大多数时间里,我们仍旧无法面对自己。这才是真相。而生活,依然是同这些文字般清清楚楚。

只是在梦里,你一遍遍体验如同真实的终结。它在黄昏里将白日终结。你在梦寐中将劫数终结。

你的裴 自巴黎

31.

收件人:裴。

发件人:念和。

回复:你收到我寄给你的信了么?

你看,我说对了,我们终将分离。

32.

收件人:念和。

发件人:子衿。

主题：你一直就是那个长得像苍井优一样的女子。

那场以工作为主题的派对上，你坐在角落里，坐在我对面，小心翼翼地。弯身去捡不经意掉落在地上的物品时，我透过领口窥见你隆起的乳房，不大但坚挺，洁净得就像刚刚新生的白色果实。那个瞬间，我忽然觉得，坐在我对面的这个女孩酷似苍井优。敏感又美好。

在那之前，我度过了一个漫长而孤独的假期。我来到笠原常提起的南方小镇，以为这样便能离她更近些，便能深入浅出地了解她的想法。六月的南国开始频繁下雨。自午后起的电闪雷鸣、倾盆暴雨，可以一直强劲又绵长地下到深夜。我按照笠原曾经讲过的，在一个当地人家里住下，付少许钱，过清淡的生活。那是南方常见的平房，房间昏暗，空气里有杀虫剂刺鼻的气味。原本就空落的气场，这下完全被暴烈的雨声填充。这对于习惯城市生活的我来说，像是从未做过的、古老的梦。主人家的男人很好客，夜里邀我在前厅喝酒闲聊，大门开着，时不时吹进屋内的穿堂风让悬挂在我们头顶上的昏黄灯泡摇摇晃晃。那男人说，在我来的前几天，镇上非常闷热，没有丝毫降雨的迹象，大家都以为，又是一个旱年。白天路上干得发烫，晚上有大片的月光照下来，连那月光似乎都是热的。身体里好像开了一个巨大的口子，滚滚地向外涌出热气。后来竟然连续下了这么大的雨，好像是我把雨给带来的一样。凌晨两点多，屋外的雨渐渐停了下来。烟缸里覆盖着厚厚的烟灰并歪歪斜斜地挤满了烟蒂，一团被揉皱的锡纸就在不远的地方扔着。我向主人道了晚安，走回房间去回忆一些往事。

1997年夏天，她焦头烂额，为了爱情放弃读书从海南来到北京。面对着一个陌生的城市，生病，没钱，不肯求助。可是她说她有爱情，她正在恋爱。后来她的"爱情"不知道怎么回事就在别人的怀里落地生了根。这个原因她从未对我说起过，我也没问，她不喜欢在她不想说的时候有人刨根问底。她去酒吧找人搭讪蹭酒，却因为发烧晕倒在我身边。在没有期待的时刻发生这样的事，是很侥幸的。即便日后我与她之间多了许多粗糙干涩、暴戾任性，一旦想起来，仍旧觉得庆幸。因为深知，不会再有一个人，从一开始就居住在彼此身体的最深处。那夜我把她带回家照顾，可第二天我下班回家后发现她已经不在了。桌上放着一张纸条，写着她的传呼机号码和"谢谢"，以及她的名字——笠原。

后来我联系她，约她吃饭、见面，起初她瑟缩在我面前，像个受伤的孩子。慢慢地，她放松了下来，笑也变得明朗。于是，她搬进了我家，成了我的女友。她习惯在接吻时紧紧地闭起眼睛，牙齿轻咬对方的舌尖，手指冰冷，身体颤抖。在完成了一场性爱后，她的全身被冷极了的汗水包裹，像置身在一片冰海当中。那个时候我便知道，她不是对性爱和男人热衷的女子。

她时常离开去另外的城市，或找户人家住下来，或背着简单的行李漫长地走。最初几年，我常能收到她从各个地方寄来的礼物，有时候简单到一片枯黄的树叶。有一次，她在信件里寄来了一张纸，一个字都没写。不久之后，她便回来了。那是2001年的秋天。她问我是否愿意结婚，说她喜欢我给予她的自由。我想我们是一样的，都以极其认真又背离的态度看待人与人之间的关系，在淡漠的态度下有一颗关切的心。更重要的是，人在年轻的时候都自以为是地认为，不纠缠的感情才是最完美的。于是我毫不犹豫地接受了她的提议。只是后来，我才清晰地看见，我们的路途在一个瞬间分叉，并再也没有重合过。

这场婚姻，没有仪式，没有戒指，没有承诺，多得只是数不清的离散。我还记得许久以前我看过的一个漫画。画里那个抽着万宝路的男人坐在窗台上说："我最讨厌下着暴雨的夜晚。像耳鸣。"后来我成了那个孤独又健忘的男人，仿佛活的只是当下。那些年轻时根深蒂固的自由信仰，如今只剩下用离别时的傲慢姿态来掩饰落荒而逃的狼狈。那些磕磕绊绊维系起来的情谊，也早已被"不曾掀起高昂的激情也就无所谓冰冷的背弃"的想法一带而过。如今我所期待的，只是各自节制但却彼此深厚的感情——即使长长久久地没有联络，若见面，依旧能够紧紧拥抱仿佛从未陌生过。

那次长假回来以后，我便彻底地清醒——我是注定要一个人走完时钟上的全部刻度的。没有什么事情是朝着你想象的方向去发展的，我和笠原也一样。婚后的几年，她花越来越多的时间在旅行上，我们偶尔相见，事务性问候。我甚至开始爱上了独居，爱上没有她在的日子。拖鞋、水果、简单起居。步行、饮食，如同琴弦上单一的旋律。我不是偏爱追逐性爱的男人，女子对我来说，是伴侣，是温情，是收留疲惫的处所，是呵护珍藏的礼物。因此笠原不在的大多数时间，我从不会触碰黑夜里的肉体商品。

我常想，在时间里暴走究竟为了什么。赶超未来还是追回过往？再也见不到她十年前惊恐的目光，也不会再有小时候三头六臂、上山下海的玩伴。那些七十二变的爱情，早已被急匆匆的恋人碾死在脚下。于是，我选择把曾经的部分还给她。我是这样对她说的。她笑笑，眼里有如释重负的温情。

所以，念和，离去的不该是你。无望是从心底开始的，但谁都没有预料到，后来竟成为了路途。那场派对遇见你，你带着笠原才有的矫捷，却比她更温和、敏感。你注视我，目光中充满压抑的渴望，我便知道，这个女子我日后会爱上。那么多次我们相见，你坐在我对面，交谈，淡定里充满渴望与喜悦。为何你定要一再被克制挟持？你是残缺的。那些在他人看来坚定的警醒与反思，统统上演在该发生的都发生了之后。可这只是表象，连你自己都信以为真的表象。你又是天真的，并不懂得什么才是真正的危险。为了避免伤害，你学会了怀疑你得知的一切。拒绝，这是一种强烈的自毁行为。如果这个时候，你在哭泣，那便不是你了。而我想，此刻你真正在做的，应该是一遍一遍的回忆与思考，并以此让自己忘却痛苦。你忘却了吗？

念和，我在北京——在你随时都能寻得见的地方。我想你也并未离开这座城市。只要你回头，就会看到我。不要再强迫自己找出一个理由。爱就是全部的理由。不爱也是。

33.

收件人：裴。

发件人：念和。

回复：你一直就是那个长得像苍井优一样的女子。

你看，我说对了，我们终将分离。

34.

念和在书桌前安静而郑重地坐下，取出一张纸，素白的背景上有浅淡的紫色碎花，是笠原曾送她的礼物。她一直喜爱。

在流血，有些疼。她写道。

再没有哪一刻比现在更干净的了。他们分别在不同的城市给我写信，我很高兴得知他们一切都好。终于下起雨来了，是雨而不是雪。

天要转暖了吧。恐怕我等不到了。现在我才明白,心是太笨重的东西,并不适合在这个世界上使用。但是没关系,以后的漫长时间里,我都不会再带着它行走了。

早年曾有人这样对我说:你拥有一种力量,能够不断地与自己周围的一切抗衡,直到死亡。起初我笑笑,以为那只是他人对我不以为然的妄言评说。后来我终于在一段接一段的白色线性沉默里,在那些心照不宣的困境中,意识到了所谓的抗衡。为了破解这诅咒般的言说,我曾尝试着伸出手,希望有人能够牵住我,走向妥协。等了许久,没有人来。我开始缓慢而小心地触摸周围的一切。最终,我摸到了一些纠结无法拆分的线团,脏乱且散发着浓重的汽油味。我开始皱眉,生活变得无法令人愉快。所有有声或无声的字句与空气,都弥漫着不诚实的味道。于是不信任与躲闪,成了本能。于是不哭泣,一副无关痛痒心不在焉的模样。

记得有一夜,我参加了一场陌生的派对。我走到人群去,同各种各样的陌生人交谈。他们热情而兴奋,大声喊叫着一些我无论如何都听不懂的言语。我再次感到干燥而失落,就好像,即使低到尘埃里去,也无法开出花朵的的失落。于是,我明白,对我来说就算身处情欲的范畴内,也无法赤裸欢愉。我推门离去。路灯下,却发现一个影子在不远处晃晃悠悠地跟着我。我回头看，是迷离的一张脸。她走近我说，你想听故事吗？我给你讲。从前，有甲乙丙三个女人凑在酒吧一起聊天。甲失业，乙失恋，丙无可失。酒吧忽然停电。酒保端上微弱的蜡烛照明。甲乙在黑暗中继续交谈。丙却只说了一句"我怕黑"，便不再开口。后来，三人告别，从此没有联系。甲再次找到了工作。乙嫁了人。丙自杀了。

那么，你是甲乙丙中哪个人？我问。

我都不是。为什么会这样？为什么会这样？为什么会这样？她说着，慢慢转过身去，越走越远。

我站在原地等了很久，她都没有再回来。最初我以为是撞上了鬼，可鬼是没有影子的。我一直记得那个夜。

我是爱过他们的。每个人。爱过。只是很少。梁静茹的《崇拜》，这几天一直在听的歌。干净透彻的声音，风声，还有树的声音。我很少听这些歌，以为那一直都是与我毫不相干的音乐。现在看来，这世上没有什么事情是彼此真正割裂的。

这便是出路么？做爱和自杀。我真懦弱。

"眼前出现五颜六色的场景。孔雀开放决绝的尾，扑闪着挣脱逃亡。星星闪烁苍白的银光划过，然后消失不见。嫣红的血液从苍白的皮肤气急败坏地涌出，并不可一世地蒸腾腥酸的腐败，盛开在一片深绿的沼泽里。纠缠，混合。蓝色的天空变得越来越暗，最后剩下大片大片漆黑。棕色长发变成火红，撕扯着头皮一路脱落。一些乳白的蛆虫从身体各个角落钻出，带着傲慢的微笑侵蚀苍白的皮肤。肉身渐渐脱落，露出粘带着丝丝血迹的白骨。那白色如此彻底，再没有什么是可以比拟的。"我曾书写过的场景，如今成了我的墓床。

35.

爱不是每周床上五分钟的呻吟。爱是根植人心，不是两腿之间。——《十戒》之九。

代后记

手捧路佳瑄的新书《素日 女子 初花》，上面有这样一句话，"这一本书送给一个叫柑柑的女子，我们安好，我们一切都好"。柑柑深吸了一口气，跑到阳光倾泻的窗边席地而坐，风吹过书页哗哗的声音。这不是一本写柑柑的书，书里的故事也与柑柑无关。只是一个女子的文字，或许书里的某个字句将封尘的旧日时光情怀，在不经意间击中重现。出版前，瑄问我要不要写一篇后记，柑柑说好好好，可时间和承诺都被各种事情切割得支离破碎，拖到最后一刻也没有交出来。柑柑对这本书和瑄一直有小小的歉意，有时凑合了事，以后也未必有机会圆满，一切都是有期限的。

第一次见到瑄，那时她还任职于一家大型外资图书网站，有着现在女生少有的长达腰间的气质直发，却又混搭着松松垮垮的背带牛仔裤，会议上她年纪最小，但其胆识见地和聪明劲儿却比她的上司们更耀眼。回去路上我跟同事说，我喜欢这姑娘，风风火火敢作敢为。同事说，她还是个畅销书作家呢。后来在书店里看到过她热卖的《暖生》和《空事》，以不设防的心去看她隐痛的文字，担心会被沦陷和蛊惑，不忍多看。如果你的人生清澈如水不经世事，或许并不足以有力气翻到最后一页，而再次看到她，她已经完成了从作家到独立出版人的华丽转身。

正如她在书里序言写的,我们既熟悉又陌生,她在东城我在西城,在这个偌大的北京城里我们来往并不算多。我们曾一起吃饭、一起拍照、一起聊天、一起算塔罗牌,柑柑多多少少知道这个女生的幸与不幸。其他的,她不说,我也不问。这是朋友之间的默契。

我只是隐约知道,她可以一个人揣上五千元去西藏旅行一个多月,一路徒步、一路认识各路神仙和闲人;她可以在新书发布会上,优雅娴熟地弹奏钢琴,仿佛回到中央音乐学院的清濯时光;她可以在街上打开一个包裹看完信后,一屁股坐在熙熙攘攘的路边哭得像个孩子;她可以在半夜大呼小叫打着电话、骄傲地说"今天老娘把某某书签下来了,等着大卖吧"……

柑柑一路笑着看着她传来的各种消息和故事,无论世间有多少对她和她的作品的争议,我想说的是,我认识的路佳瑄至少活得比多数人真诚和勇敢。大无畏的,像没有受过伤一样去爱去生活,热热烈烈的。而她也只不过是个 80 后的孩子。

这本小书里,她用清冷的文字刻画了一些路过心上的细节。翻开书,仿佛体会到按下快门时的心动、气味、风声和阳光的温度。胶卷总会过期,衣服总会换季,阅读书写均有时限,爱与恨也都会变质。哪怕一切都会过去，我们还是会用尽一切力量，寄存每一个路过的风景，摊在手心，静看纠缠华美的曲线。书里有一行字，"生命就是一场体验，只经历，不占有。"

路佳瑄从最初生疼的文字到如今清淡的叙述，一切冷暖自知的成长变迁都隐匿于《素日 女子 初花》的碎事里。我们都回不去了，我们都还在结伴前行，我们都依然相信爱和美好。等到风景都看透，或许你会在书里的某一页，目光轻柔，合下书，仿佛又回到某个时刻的细水流年。

柑柑